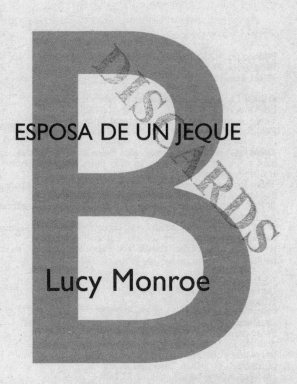

ESPOSA DE UN JEQUE

Lucy Monroe

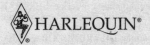

HARLEQUIN®

Editado por HARLEQUIN IBÉRICA, S.A.
Hermosilla, 21
28001 Madrid

I.S.B.N.: 84-671-2361-3
Depósito legal: B-46746-2004
Editor responsable: Luis Pugni
Composición: M.T. Color & Diseño, S.L.
C/. Colquide, 6 - portal 2-3º H, 28230 Las Rozas (Madrid)
Fotomecánica: PREIMPRESIÓN 2000
c/. Matilde Hernández, 34. 28019 Madrid
Impresión y encuadernación: LITOGRAFÍA ROSÉS, S.A.
c/. Energía, 11. 08850 Gavá (Barcelona)
Fecha impresion para Argentina:27.2.06
Distribuidor exclusivo para España: LOGISTA
Distribuidor para México: CODIPLYRSA
Distribuidores para Argentina: interior, BERTRAN, S.A.C. Vélez
Sársfield, 1950. Cap. Fed./ Buenos Aires y Gran Buenos Aires,
VACCARO SÁNCHEZ y Cía, S.A.
Distribuidor para Chile: DISTRIBUIDORA ALFA, S.A.

Capítulo 1

SEÑORITA Benning!

No era la señorita Benning. Era Catherine Marie, cautiva de El Halcón, un jeque que aún vivía bajo el código del desierto, donde sólo sobrevivía el más fuerte.

En aquel momento El Halcón se estaba acercando a ella. Podía oír su voz profunda hablando en una lengua que no comprendía, dirigiéndose a alguien que estaba fuera de la tienda y que ella no conocía. Intentó desatar las cuerdas que ataban sus manos. Fue inútil. Las tiras de seda eran suaves, pero fuertes; y no pudo liberar sus manos.

Si lo hacía, ¿qué haría? ¿Correr?

¿Hacia dónde?

Estaba en medio del desierto. El sol castigaba la tienda calentando su interior. No duraría ni un día sola en el vasto erial.

Entonces apareció él, de pie en la entrada de la habitación donde la tenían cautiva. Sus facciones estaban esculpidas por la sombra. Lo único que podía ver era su cuerpo grande enfundado en sus pantalones blancos y la túnica, típicos de su pueblo. Una bata negra caía de sus hombros hasta las pantorrillas. Tenía la cabeza cubierta con el turbante que lo distinguía como jeque. La cinta que lo sujetaba a la cabeza era de piel negra trenzada.

Estaba a menos de cinco metros, pero no obstante ella no podía verle la cara, oculta en las sombras. Sólo se distinguía el contorno arrogante de su mandíbula.

–¡Señorita Benning!

La cabeza de Catherine Marie Benning se levantó de donde había estado reposando y lentamente miró lo que la rodeaba: las paredes tapizadas de seda habían sido reemplazadas por paredes de cemento, apenas alegradas por unos pósters anunciando la presentación de un libro. Eran las paredes del salón de descanso de la Biblioteca Pública Whitehaven, mucho más cerca del frío y húmedo Seattle que del desierto del Sahara.

Una luz fluorescente iluminaba las facciones de la mujer que tenía delante.

–¿Sí, señora Camden?

La señora Camden, jefa de Catherine, vestida con una chaqueta azul de un color casi idéntico al de las paredes de la biblioteca, respiró con impaciencia.

–Estaba en las nubes otra vez, señorita Benning.

Catherine se sintió molesta por el reproche en la voz de la mujer mayor, a pesar de su ilimitada paciencia. Si el hombre de sus fantasías hubiera mostrado su cara, tal vez no se habría sentido tan frustrada. Pero no lo había hecho. Aquella vez no había sido distinto. Era curioso, pero su imaginación no podía crear un rostro para el jeque. Ni tampoco se dejaba ver la cara de El Halcón en su fantasía.

–Aún estoy en la hora de descanso –le recordó amablemente a la mujer.

–Sí, bueno, pero...

Al reconocer el comienzo de un sermón que le era

familiar, Catherine reprimió un suspiro. Sabía que su hora del almuerzo iba a ser interrumpida. Nuevamente.

Hakim bin Omar al Kadar entró en la biblioteca y buscó con la mirada a Catherine Marie Benning. Su foto estaba grabada en su mente. Su futura esposa. Aunque los matrimonios arreglados no eran raros en la familia real de Jawhar, el suyo sería único.

Catherine Marie Benning no sabía que iba a ser su esposa. Su padre lo había querido así.

Una de las condiciones del trato entre el tío de Hakim y Harold Benning era que Hakim convenciera a Catherine de que se casara con él sin que ésta supiera el arreglo que habían hecho su padre y el rey de Jawhar. Hakim no había preguntado por qué. Había estudiado en Occidente y sabía que las mujeres americanas no veían los matrimonios acordados con la misma ecuanimidad que las mujeres de su familia.

Tendría que cortejar a Catherine. Pero eso no sería una tarea difícil. Aun en un matrimonio arreglado, el príncipe de Jawhar debía cortejar a su prometida. Y aquel matrimonio no sería diferente. Él le daría un mes.

Hacía diez semanas, Harold Benning había informado a su tío de un posible yacimiento de minerales en las montañas de Jawhar. El americano le había sugerido hacer una sociedad entre Excavaciones Benning y la familia real de Jawhar.

Los dos hombres habían estado negociando aún los términos del acuerdo cuando Hakim había sido atacado mientras cabalgaba en el desierto al amanecer. Las investigaciones habían revelado que el intento de asesinato había sido perpetrado por el mismo grupo de disidentes responsable de la muerte de sus padres hacía veinte años.

Hakim no sabía bien por qué el matrimonio de Catherine había sido parte del trato. Sólo sabía que su tío lo consideraba conveniente. La necesidad de visas permanentes podría haber sido el motivo de la familia real. Como esposo de una americana, Hakim podría conseguirlas sin problema. No habría necesidad de pasar por canales diplomáticos, y así podría preservar la intimidad y el orgullo de su familia.

La familia real de Jawhar no había pedido asilo político en los tres siglos de su reinado y jamás lo haría. Y puesto que Hakim ya se ocupaba desde hacía años de los intereses de la familia en América, que lo eligieran a él había sido lógico.

Harold Benning también había visto un beneficio en el matrimonio. Su preocupación por la soltería de su hija de veinticuatro años había sido evidente. Según él, ni siquiera había salido con chicos.

Las negociaciones de Harold Benning y su tío habían culminado en que decretasen el matrimonio de Hakim con Catherine Benning.

Hakim vio a su presa al otro lado de la sala, ayudando a un niño pequeño. Se estiró para sacar un libro de un estante, y su chaqueta negra de punto, que llevaba encima de una falda recta, llamó su atención. Se ajustaba a sus pechos y revelaba unas formas muy femeninas. Se excitó.

Aquello era inesperado. En la foto se veía una mujer bonita, pero no una exótica belleza como las que él había tenido en el pasado. El hecho de que hubiera reaccionado tan rápidamente ante semejante visión inocente lo hizo detenerse en su camino hacia ella.

¿Qué le había excitado tanto? Tenía la piel blanca,

pero no de alabastro. Era rubia, pero de un tono oscuro, y con el pelo recogido como lo tenía no llamaba la atención. Sus ojos azules lo habían impresionado en la foto, y eran aún más sorprendentes al natural.

A excepción de sus ojos, no sobresalía nada de ella, pero la reacción de su cuerpo era innegable. La deseaba. No era la primera vez que sentía aquella excitación. Pero otras veces había tenido que tener más estimulación. Habían tenido que ser mujeres con unos andares felinos, una ropa adecuada, o un aspecto deslumbrante. Catherine Benning no mostraba nada de eso. Era una sorpresa, pero agradable. Una atracción física auténtica haría más fáciles las cosas. A él lo habían preparado para cumplir con su deber sin tener en cuenta la atracción personal. El país era lo primero. La familia lo segundo. Sus necesidades y deseos lo último.

Caminó y se detuvo a la izquierda de ella. Cuando el niño se marchó, Hakim alzó la mirada y descubrió que había un hombre frente al escritorio.

Catherine le señaló algo en el monitor de su ordenador, pero su mirada se dirigió un segundo a Hakim. Y luego se posó en él. Hakim la miró y luego notó por el rabillo del ojo que el hombre al que ella había estado ayudando, se había alejado. La siguiente persona de la cola pasó desapercibida, puesto que la atención de Catherine se centró en Hakim. Él sonrió.

El cuerpo de Catherine se puso tenso y su rostro se sonrojó. Pero no desvió la mirada.

El satisfacer el deber sería sólo una cuestión de transformar aquella atracción en deseo de casarse, pensó él.

—¡Señorita Benning! Preste atención. Tiene gente que atender.

Aquella mujer debía de ser la jefa de la que Harold Benning le había hablado cuando le había hecho una reseña de su hija.

Catherine se puso más colorada.

—Lo siento. Se me ha ido el santo al cielo —no se amedrentó. Se dirigió a la persona siguiente en la cola, se disculpó y les preguntó qué deseaban.

La jefa se alejó resoplando, como un militar molesto por verse privado de su grado.

Hakim esperó a que se terminase la cola y luego saludó a Catherine.

—Buenas tardes —le dijo.

Ella se sonrojó otra vez.

—Estoy interesado en telescopios antiguos y la contemplación de las estrellas. Quizás pueda indicarme alguna referencia.

—¿Es un nuevo hobby que tiene? —preguntó ella con un brillo de interés en los ojos.

Era tan nuevo como que se había interesado a partir de la conversación con el padre de Catherine.

—Sí.

El padre de Hakim había compartido la pasión de Catherine por aquel tema. Pero desde su muerte, sus libros habían permanecido en sus estantes del observatorio del palacio de Kadar.

—Es uno de mis temas favoritos. Si tiene un minuto, le mostraré la sección dedicada a ello y le aconsejaré algunos libros que me parecen particularmente buenos.

—Con mucho gusto.

Catherine intentó contener su excitación mientras guiaba a aquel hombre imponente hacia la sección científica de la biblioteca. Aquel aura de poder que emanaba era suficiente para turbarla. Pero el hecho de que tuviera las características físicas del hombre de sus fantasías le hacía perder el control por completo.

Debía medir cerca de un metro noventa. Su cuerpo era musculoso y grande; la hacía sentir pequeña, aun sabiendo que no lo era. Tenía el pelo sedoso, y apenas un poco más oscuro que sus ojos. Y de no haber hablado un inglés impecable, hubiera pensado que era el jeque de sus fantasías.

Sintió un deseo desconocido para ella. Siempre había creído que una sensación así sólo podía sentirse con el tacto. Pero se había equivocado.

Se detuvieron frente a una hilera de libros y ella sacó uno y se lo dio.

–Éste es mi favorito. Tengo una copia de la primera edición en mi casa.

Hakim tomó el libro y sus dedos se rozaron. Fue como si hubiera habido electricidad al tocarse.

–Lo siento –él la miró.

–No es nada.

Él abrió el libro y lo miró. Ella sabía que debía irse a su escritorio, pero no podía moverse.

–¿Me recomienda alguno más? –él cerró el libro.

–Sí.

Y le estuvo señalando varios libros y periódicos durante diez minutos.

–Muchas gracias, señorita...

–Benning. Pero por favor, llámeme Catherine.

–Soy Hakim.

–Es un nombre árabe.

–Sí.

–Pero su inglés es perfecto.

¡Qué tontería había dicho!, pensó. Mucha gente de

origen árabe vivía en la zona de Seattle, América, y era la segunda o tercera generación de la familia asentada allí.

—Así debe ser. El tutor real se sentiría molesto si no fuera así.

—¿El tutor real?

—Perdone. Soy Hakim bin Omar al Kadar, príncipe de la familia real de Jawhar.

Ella se quedó sin aliento. ¡Había estado hablando con un príncipe durante más de diez minutos!

La idea de invitarlo a presenciar una reunión de la Sociedad de Telescopios Antiguos se le borró de la cabeza por completo al escuchar aquello.

—¿Puedo servirlo en algo más?

—Ya la he distraído más de la cuenta.

—Hay una sociedad que se ocupa del tema de los telescopios —no pudo reprimirse.

—¿Sí?

—Se reúnen esta noche —le dijo la hora y el lugar.

—¿La veré allí?

—Probablemente, no.

Estaría allí, pero se sentaría al fondo de la sala. Y él no parecía un hombre dispuesto a ver nada desde la segunda fila.

A ella tampoco le gustaba, pero no sabía cómo cambiar las costumbres de toda una vida.

—¿No va a asistir?

—Siempre voy.

—Entonces, la veré allí.

—Habrá mucha gente.

—La buscaré.

«¿Por qué?» Catherine estuvo a punto de preguntar en voz alta.

Pero en cambio sonrió y respondió

–Entonces, tal vez nos encontremos.

–Yo no dejo esas cuestiones libradas a la suerte.

Sin duda. Parecía una persona decidida.

–Hasta esta noche, entonces.

Él hizo sellar los libros que ella le había recomendado y se marchó.

Catherine lo observó irse, segura de algo: el jeque de sus sueños ya tenía cara.

Tendría las facciones de Hakim.

Capítulo 2

CATHERINE entró en la sala de reuniones de un lujoso hotel de Seattle. A pesar de ser temprano, la mitad de los asientos estaban ocupados. Miró la sala en busca de Hakim con una sensación de mariposas revoloteando en el estómago.

¿Estaría allí?

¿Realmente la estaría buscando?

Era difícil de creer. Y más difícil reconocer las sensaciones que se apoderaban de ella ante la sola idea de verlo.

Una cara con cicatrices y el consecuente tratamiento con láser habían hecho que no saliera con chicos durante la escuela secundaria y la universidad. Su timidez había sido tan extrema entonces, que sus padres habían perdido las esperanzas de que se casara. Con el tiempo se había conformado con la idea de que moriría soltera, la tía soltera de la familia, como era tradicional, con cabello cano y casas llenas de recuerdos de otra gente. Era demasiado tímida para ir en busca de hombres y demasiado común para que fueran en busca de ella. Sin embargo, había algo en Hakim que la hacía sentirse diferente.

Y eso la asustaba.

Un hombre como aquél era imposible que le correspondiese.

—Catherine. Has llegado.

Catherine reconoció aquella voz profunda aun sin darse la vuelta.

—Buenas noches, Hakim.

—¿Quieres sentarte conmigo?

Ella asintió, incapaz de responder con su voz.

Él la acompañó a una silla en medio del salón, más cerca de la parte de delante de lo que acostumbraba a estar ella.

Hakim la ayudó a sentarse tomando su brazo, un gesto tan cautivador como alarmante. Alarmante porque eso significaba que sentiría su tacto. Sus cálidos dedos en su brazo eran suficientes para que perdiera el equilibrio.

Varias personas se dieron la vuelta para mirarlos. Evidentemente, despertaban la curiosidad de los lugareños. Una mujer le sonrió. La recordaba de la biblioteca; una persona agradable pero un poco cotilla.

Catherine miró al ponente de aquel día, que estaba hablando con el presidente de la asociación.

El ponente era una autoridad en telescopios de George Lee e Hijos. Se suponía que llevaría un ejemplar de su colección. Catherine estaba impaciente por verlo y pensó que el bulto cubierto de seda roja debía de ser el preciado objeto.

Cuarenta minutos más tarde tuvo la confirmación de su sospecha.

El ponente invitó a la audiencia a acercarse y mirarlo.

—¿Quieres verlo? —le preguntó Hakim.

Ella se encogió de hombros.

—¿Qué quiere decir ese gesto?

Catherine lo miró. Fue como una bomba que explotase en su cerebro, y casi dejó escapar un suspiro, pero se lo reprimió.

Sonrió.

–El gesto significa que probablemente me prive de ese placer.

–Te acompañaré.

¿Para protegerla?, se preguntó Catherine.

–No es eso –mintió–. Prefiero no esperar en la cola. Ya hay mucha gente formándola.

Hakim miró.

–¿Estás segura de que prefieres no verlo?

–Sí.

Hakim le interesaba más que el telescopio.

–Entonces, quizás puedas cenar conmigo esta noche y conversar acerca de mi nuevo hobby. Me da la impresión de que conoces bien el tema.

–¿Cenar?

–¿Te da aprensión cenar con un extraño?

Lo que pasaba era que nunca había estado con un jeque, ni jamás había experimentado una mezcla tal de sensaciones físicas como estando cerca de él.

–No –dijo ella, sorprendida.

–Entonces, déjame que te invite a cenar esta noche.

–No sé...

–Por favor –el tono pareció más de orden que de ruego.

Pero a ella le afectó igualmente.

–Supongo que puedo seguirte al restaurante con mi coche.

–Muy bien. ¿Te gusta el marisco?

–Me encanta.

–Hay un bonito restaurante a menos de cien metros de aquí. Podemos ir andando.

–Creo que ha empezado a llover –dijo ella.

Hakim sonrió sardónicamente.

–Si es así, te dejaré mi gabardina.

Catherine se rió al imaginar el aspecto que tendría con una prenda varias tallas más grandes.

–No hará falta. Sólo que he pensado que no te gustaría mojarte.

–No te lo habría sugerido, en ese caso.

–Por supuesto.

Fue un paseo corto. Y aunque había nubes negras, no llovió.

Se pasaron la cena hablando de su hobby favorito. Catherine se sorprendió de lo que sabía Hakim y se lo comentó.

–He leído los libros que me has recomendado esta tarde.

–¿Ya?

–Casi todos.

–¡Guau! Supongo que no has tenido que volver al trabajo.

–Todos tenemos nuestras obligaciones –dijo él con una sonrisa.

–No lo malinterpretes. Jamás te hubiera imaginado como alguien que antepone sus hobbys a su trabajo.

–Hay veces en que aparece algo inesperado en nuestras vidas y hay que ponerlo en primer lugar.

Catherine hubiera preguntado por aquella afirmación tan misteriosa, pero no lo conocía lo suficiente como para preguntarle.

Ninguno de los dos tomó postre, y él la acompañó al coche. Agarró las llaves de Catherine y lo abrió.

Le hizo señas de que entrase.

–Gracias por la cena –dijo ella antes de sentarse frente al volante.

–Ha sido un placer, Catherine.

Dos días más tarde, Hakim la invitó a ver un espectáculo el sábado. Se trataba de una especie de recorrido por las estrellas. Requería que estuvieran todo el día juntos y un viaje de tres horas a Portland. La perspectiva de pasar todo ese tiempo juntos en el espacio cerrado del coche la había tenido nerviosa todo el tiempo.

Y saltó cuando sonó el telefonillo de su piso anunciando su llegada.

Catherine apretó el botón.

—Enseguida bajo —contestó.

—Te espero —respondió él con aquella voz sensual.

Todavía no podía creer que aquel hombre tan atractivo estuviera interesado en ella.

Cuando Catherine bajó, lo encontró esperando en la entrada.

—Buenos días, Catherine. ¿Estás lista para irnos?

Ella asintió mientras lo devoraba con la mirada. Llevaba un suéter y un pantalón que realzaban sus formas musculosas. A Catherine se le secó la boca de deseo. Se lamió los labios y tragó saliva.

—Sí.

—Entonces, vamos —Hakim le tomó el brazo y la acompañó afuera, donde los esperaba una limusina negra.

—Creí que conducirías tú.

—He querido prestarte toda mi atención exclusivamente. Hay un cristal que nos da privacidad. Podemos estar todo lo solos que queramos.

Lo dijo de un modo que despertó fantasías en la mente de Catherine. Fue una sensación tan sorprendente, que ella casi dejó escapar un suspiro.

—¿Estás bien?

—B... Bien —balbuceó, casi zambulléndose en el asiento.

Catherine lamentó no poder disimular su actitud.

Seguramente las mujeres que salieran con él se desenvolverían mejor que ella y no se sentirían turbadas ante su proximidad, reflexionó.

Claro que su sonrisa era letal, pensó Catherine cuando él se sentó frente a ella.

—¿Quieres algo de beber? —Hakim abrió una pequeña nevera que había en la limusina.

—Un zumo, por favor.

—Entonces, ¿son los telescopios antiguos tu único hobby?

—¡Oh, no! Soy una lectora voraz. Supongo que por eso trabajo en una biblioteca.

—Lo supuse.

—Sí, pero también me gusta hacer excursiones por zonas naturales —sonrió ella.

Hakim alzó las cejas.

—Tal vez debí decir pasear por los bosques.

—¡Ah! ¿Y no sueñas despierta a veces?

Catherine se sorprendió de que él hubiera adivinado aquello tan íntimo.

—Sí. Estar lejos de la gente y al aire libre es algo un poco mágico.

—A mí también me gusta estar al aire libre, pero prefiero el desierto a los bosques.

—Por favor, cuéntame cosas del desierto.

Y lo hizo. Y se pasaron el viaje hablando de cosas que ella no solía hablar con nadie. Hakim pareció comprender su timidez. No parecía molestarlo, lo que la ayudaba a poder ser abierta con él.

Tampoco despreció sus opiniones como solía hacer su padre. Y Catherine se sintió cautivada por su personalidad.

La llevó a almorzar a un restaurante que daba al río Willamette. La comida estaba deliciosa, la vista del río, impresionante, y su compañía, abrumadora para su corazón y sus sentidos. Empezó a temer que se estuviera enamorando de un hombre inalcanzable.

Cuando se sentaron en las butacas del teatro, Hakim rodeó los hombros de Catherine con su brazo.

Ella no estaba acostumbrada al tacto de un hombre, pero su cuerpo pareció despertarse sexualmente ante aquel contacto.

Hakim intuía que Catherine se sentía atraída por él, algo que jugaba a su favor, facilitándole la seducción y el cumplimiento del deber.

Gracias a un entrenamiento especializado se había librado de un reciente asesinato, pero sus padres no habían tenido la misma suerte. Él no había podido salvarlos y eso aún lo obsesionaba.

El hecho de que entonces tuviera diez años de edad no había mitigado su necesidad de proteger a su familia en aquel momento, a cualquier precio.

Aún recordaba el sonido del grito de su madre al ver que habían disparado a su esposo delante de ella. Un grito que había sido interrumpido por otro disparo. Su hermana pequeña había sollozado a su lado. Hakim le había tomado la mano y la había llevado por un pasaje secreto para sacarla del palacio, un pasadizo conocido sólo por los miembros de la familia real y sus más fieles sirvientes.

Habían sido días de terrible calor en el desierto. Hakim había utilizado las enseñanzas de su abuelo beduino, y había buscado refugio en el desierto para él y su hermana. Había encontrado a la tribu de su abuelo. Y habían sobrevivido. Pero Hakim jamás olvidaría el precio.

Un gemido de Catherine lo devolvió al presente. Se dio cuenta de que había estado acariciando su cuello con el pulgar. Los ojos de Catherine estaban fijos en la pantalla, pero su cuerpo estaba excitado.

Un cortejo y una seducción de un mes antes del matrimonio podría ser demoledor.

Catherine se deleitó en brazos de Hakim. Era natural que bailase con ella. Después de todo, él era su acompañante y todos estaban bailando.

El baile se hacía para recaudar fondos para el hospital de niños de St. Jude. Catherine había invitado a Hakim para que la acompañase, pensando que le diría que no. Pero no lo había hecho. Había aceptado acompañarla e incluso cenar con la familia de ella antes.

Su madre se había sentido seducida por su exótico encanto y su enigmática presencia. Aunque llevaba un traje normal, aquel hombre exudaba un aire de jeque.

—Tu hermana es muy amable.

Catherine se acercó unos centímetros a él y se reprimió las ganas de apoyar la cabeza en su hombro y aspirar su fragancia.

—Sí. Mi hermana y yo estamos muy unidas.

—Eso es bueno.

—Eso pienso yo —sonrió Catherine.

—La familia es muy importante.

—Sí.

Catherine no sabía adónde quería llegar él.

—El tener hijos y dejar la herencia de generación en generación también es importante —agregó él.

—Estoy de acuerdo. No puedo imaginarme una pareja casada que no quiera tener hijos.

Hakim sonrió.

–Supongo que la gente tendrá sus razones, pero tú no serás nunca uno de ellos.

Ella soñó por un momento con una boda y una familia, sobre todo con aquel hombre.

–No, yo no seré nunca uno de ellos –sonrió.

Sería difícil que se casara, pensó Catherine. Pero, ¿para qué pensar ahora en cosas deprimentes?

El pulgar de Hakim empezó a acariciar su espalda y ella olvidó sus pensamientos, incluso los deprimentes.

Cerró los ojos, y se permitió apoyar su mejilla en la de él.

Probablemente no la invitaría más a bailar, pero no pudo reprimirse.

En lugar de parecer ofendido, Hakim se apretó más contra ella, y bailaron hasta que dejaron de poner música lenta y empezó la movida.

No volvió a invitarla a bailar esa noche, pero no la descuidó en absoluto. Cada vez que se acercaba alguna mujer a coquetear con él, Hakim usaba todo su encanto para alejarla y volver a centrar su atención en ella.

Catherine abandonó su lucha interna.

Estaba enamorada. Completamente. Irremediablemente.

Catherine quitó la tarjeta que venía con las flores. Ponía: *Para una mujer cuya belleza interior florece más que la de una rosa.*

Se le llenaron los ojos de lágrimas. Hakim y ella habían pasado la noche anterior en un concierto de beneficencia. Catherine había hablado a favor de los niños, de sus sueños y esperanzas. Había estado muy nerviosa, pero había querido hacer un llamamiento a favor de la fundación.

Más tarde, Hakim le había dicho que su amor por los niños y su compasión había sido evidente a pesar de sus nervios. Se había sentido halagada con aquel cumplido. Pero las rosas rojas la habían impresionado.

Puso las flores en un jarrón sobre su escritorio, a la vista de todos los visitantes de la biblioteca.

Hakim la hacía sentir especial, aun siendo sólo amigos. A veces ella fantaseaba con que fueran algo más. Pero, ¿qué otra cosa podía ser si ni siquiera la había besado?

Pasaban mucho tiempo juntos y la atracción de Catherine por él aumentaba día a día. Pero Hakim parecía poco atraído por ella físicamente.

No le sorprendía. No era el tipo de mujer que inspiraba lujuria, pensó desanimada.

Sus pensamientos se vieron interrumpidos al ver a Hakim entrar en la biblioteca.

Se acercó a ella con arrogancia inconsciente, algo que a ella le pareció incluso simpático.

Entonces se dio cuenta de que tenía unos papeles en la mano, y los dejó a un lado cuando lo vio acercarse a su escritorio.

Hakim se detuvo delante de su escritorio cuando ella estaba intentando colocar unos papeles.

–Catherine...

Catherine levantó la cabeza y sus ojos azules se fijaron en él.

–Lo siento. He recordado que tenía que archivar estos papeles... –agitó levemente unos folios que tenía en la mano–... cuando te he visto.

–¿Y no podías saludarme antes? –preguntó él, divertido.

—Podría haberme olvidado de los papeles fácilmente.

¿Se daría cuenta ella de lo que estaba revelando con
aquella afirmación? Él estaba acostumbrado a tener
cierto impacto en las mujeres, pero una mujer más sofisticada jamás lo habría admitido.

—Entonces tendré que contentarme con conversar
con la coronilla de tu cabeza hasta que termines.

—A veces, suenas tan formal... ¿Se debe a que el
árabe lo es, o el inglés es tu segunda lengua y te resulta
más difícil hablar con naturalidad?

No era la primera vez que el repentino cambio de
tema de Catherine lo dejaba desorientado.

—El francés es mi segunda lengua —respondió—. No
he aprendido inglés hasta después de dominar el francés.

—¡Oh! Siempre he pensado que el francés es un bonito idioma. Yo aprendí alemán y español en la escuela, pero debo admitir que no tengo facilidad para el
francés.

—No he venido a hablar sobre la fluidez en otros
idiomas.

—Claro. ¿A qué has venido?

—A ver a mi amiga.

Un brillo rápido había atravesado la mirada de Catherine cuando él había pronunciado la palabra
«amiga», pero había sido muy fugaz como para inter-
pretarlo.

—¡Oh! ¿Quiero saber cuántos?

—¿Cuántos qué, pequeña?

Catherine se puso colorada al oír aquel apelativo
cariñoso. Aquel trato era normal en su cultura, entre un
hombre y una mujer que tienen intención de casarse,
pero a ella pareció ponerla incómoda.

–¿Cuántos idiomas hablas fluidamente? –preguntó ella, casi sin aliento.

Y él sintió terribles deseos de quitarle el aliento con un beso.

No podía hacerlo, por supuesto. No era el momento ni el lugar adecuados, pero no tardaría mucho. Hakim sonrió en anticipación, y los ojos de Catherine se agrandaron.

–Hablo fluidamente francés, inglés, árabe y todos los dialectos de mi gente, pequeña –repitió.

Ella tomó aliento y contestó.

–No tan pequeña.

Aunque Catherine era un poco más alta que la media de las mujeres, a menudo hacía comentarios en los que parecía sentirse enorme. Hakim se acercó a ella y deslizó un dedo por su cuello.

–Para mí, eres pequeña.

Ella tembló, y él sonrió.

Pronto sería suya.

–Supongo que sí –contestó Catherine, mirándolo.

Él deseaba besarla. Tenía que hacer un gran esfuerzo para reprimirse, algo en lo que se había entrenado en la guardia de élite: a dar un paso atrás y bajar la mano.

–He venido a preguntarte si querías cenar conmigo esta noche.

Catherine abrió la boca pero no dijo nada. Se conocían desde hacía tres semanas y habían compartido muchas comidas, y asistido a varias funciones. Sin embargo, ella parecía sorprendida cada vez que la invitaba a salir.

–Venga, no creo que sea una sorpresa. Comimos juntos ayer incluso.

Ella sonrió.

–Por eso estoy sorprendida. Creí que querrías pasar tiempo con... –se interrumpió.

Pero sus ojos dijeron lo que iba a decir: «otras mujeres». No se valoraba a sí misma. Y eso no le gustaba a él.

–No quiero pasar tiempo con ninguna otra mujer –respondió.

Ahora era el momento. Sus ojos estaban llenos de felicidad. No había duda. Ella estaba lista. Ya la había cortejado suficientemente.

–Me encantaría cenar contigo.

–Entonces, te veré esta noche.

–Hakim.

Él se detuvo.

–Podrías haber llamado. Te habrías ahorrado un viaje de una hora hasta aquí desde Seattle.

–En ese caso no habría tenido el placer de verte.

Hakim la vio a punto de derretirse y entonces sonrió antes de marcharse. Cumpliría con su deber muy pronto, pensó.

Capítulo 3

HAKIM llevó a Catherine a su restaurante favorito. El ambiente era tranquilo y elegante. Ideal para proponerle matrimonio.

Catherine le sonrió. Llevaba un vestido negro, entallado, de manga larga y con amplio escote. Hakim apoyó su mano en la piel desnuda de sus hombros que el escote dejaba al descubierto y ella se estremeció. Él se alegró de poder cumplir pronto con su cometido.

Se sentaron a la mesa.

—No creo que un contacto tan leve sea la causa de tanta incomodidad... —dijo él.

Catherine se alisó el pelo recogido. Aunque le gustaba cómo le quedaba la nuca al descubierto, pronto se lo soltaría, pensó Hakim.

—No me siento incómoda. No exactamente —sus pezones duros se le notaban debajo de la tela y revelaban el motivo de su sonrojo.

Hakim se excitó. Al parecer no llevaba sujetador.

—¿Cómo te sientes exactamente? —le preguntó él, dudando que admitiera la verdad.

—Estúpida.

Hakim negó con la cabeza.

—Alhaja de mi corazón, no debes decir esas cosas.

Catherine bajó la mirada.

—No deberías llamarme de ese modo. Sé que lo dices simplemente porque es un modo de hablar, pero...

–No es sólo eso. ¿Me has oído llamarle eso a otras mujeres?

–No –susurró ella con labios temblorosos.

Deseaba besarlos.

–Son palabras que te dedico a ti solamente.

Catherine se quedó inmóvil, petrificada. Luego bajó la mirada, respiró profundamente y tosió.

Él le dio un vaso de agua para aliviarla.

–Gracias.

–Tienes un bonito cuello.

El vaso se tambaleó en su mano y sólo el movimiento rápido de un camarero evitó que se volcase y le mojase el vestido.

Al ver su nerviosismo, Hakim decidió esperar a que pasara la cena para su proposición.

Cuando Hakim aparcó su coche en el garaje del apartamento de Catherine, ésta estaba nerviosísima.

Hakim abrió la puerta de su casa. La hizo entrar rodeándole la cintura.

El corazón de Catherine parecía a punto de salírsele del pecho.

La acompañó al salón. Ella se estaba derritiendo.

Llegaron al sofá amarillo, lleno de cojines.

Hakim se sentó a su lado, muy cerca.

–Quiero hablar contigo –le dijo él.

–¡Oh!

Hakim posó una mano en su pierna y la rodeó con su cuerpo.

¿Qué haría si él hacía lo que ella deseaba tanto? ¿Le acariciaría el pelo sedoso y lo besaría apasionadamente? Catherine entrelazó sus dedos en su regazo para reprimirse cualquier impulso.

Hubo un silencio y luego él empezó a dibujar con un dedo círculos en su muslo.

Ella no se podía mover. Él no decía nada.

—¿Hakim?

Cuando ya no pudo aguantar más la deliciosa tortura de sus caricias, levantó la cabeza y lo miró.

—¿Has disfrutado de mi presencia en estas semanas, no es así? —le preguntó él.

—Sí.

—¿Soy un tonto si creo que te gustaría que siguiéramos juntos?

—No. Jamás podrías ser un tonto.

—Entonces, ¿sería descabellado pensar que tal vez te gustase profundizar nuestra relación?

—¿Quieres profundizar tu relación conmigo?

—Quiero... profundizar nuestra relación.

¿La besaría ahora? La sola idea la mareaba.

—Quiero que te cases conmigo.

¿Estaba soñando despierta?

—Si ni siquiera me has besado.

—No he tenido ese derecho.

—¿Qué quieres decir? ¿Est... Estabas con otra persona?

—No, no es eso. Pero no estaba contigo, como has dicho tú. No habría estado bien que te besara si antes no te hubiera declarado mis intenciones formales.

¿Había dicho declaración de amor? No. Había dicho declaración formal.

—¿Quieres decir que en tu país tienes que haberte declarado formalmente para besar a una chica?

Hakim le acarició la mejilla.

—Para besar a una virgen, sí.

¿Era tan evidente su falta de experiencia?

—Pero no estamos en Jawhar.

–Da igual. Te trataré con el mismo respeto.

Le gustaron sus palabras.

–Si te digo que me casaré contigo, ¿me besarás?

Aquél era el sueño más extraño de todos los que había soñado despierta en su vida.

–Sí –respondió él con un brillo depredador en los ojos.

–Sí –repitió ella.

–¿Quieres casarte conmigo?

–Sí.

No debía hablar en serio, pero con tal de experimentar un beso suyo, hubiera hecho cualquier cosa.

–Ahora puedes besarme.

–¿Puedo?

–Sí –al ver que él no la besaba, agregó–: Por favor.

Su beso fue tan suave y sensual como el de una mariposa de flor en flor.

Aquella fragancia masculina que sólo podía ser de él la embriagaba. Quería que fuese suyo aquel hombre.

–¿Quieres atormentarme? –preguntó ella.

¿Por qué no la habría besado otra vez más profundamente?

–Me estoy atormentando a mí mismo.

Aquella admisión le provocó un cosquilleo en el estómago.

Su confesión había sido el disparador de su control sobre sí misma. Decir eso significaba que la deseaba, y eso la excitaba tanto como tener su cuerpo tan cerca que podía oír los latidos de su corazón.

Ella no pudo más y lo besó sin experiencia pero con deseo.

A él no pareció importarle. La apretó más contra su cuerpo. Y entonces la besó más profundamente, acariciando sus labios con su lengua, hasta penetrar su boca.

Ella se había imaginado muchas veces besando a alguien. Pero aquello era mucho mejor.

Era maravilloso.

Sabía al tiramisú que había pedido de postre en el restaurante. También sabía a Hakim, un sabor del que no se saciaría nunca.

Hakim la apretó más y ella se encontró encima del regazo de él, con los pechos apretados contra su torso viril.

Ella quería tocarlo, tenía que hacerlo.

Primero deslizó sus dedos por entre su pelo. Era suave, como la seda. Acarició su cabeza. Era tan masculino Hakim, que hasta la forma de su cabeza lo demostraba.

De pronto sintió que probablemente no tendría otra oportunidad de tocar su cuerpo y acarició su cara. Luego rodeó su cuello y bajó hasta sus hombros. Quiso sentir su contorno, aprendérselo de memoria.

Deslizó las manos por la camisa de algodón, debajo de su chaqueta. Sintió sus músculos, tan cerca de sus pechos.

Él se estremeció y a ella le gustó.

Sintió sus manos agarrando su trasero y una dureza apretando su pelvis.

Estaba excitado, y eso la estaba haciendo perder el control.

Como si la liberación de los sentimientos de ella desatasen su ardor, la pasión de Hakim fue en aumento. Y el beso se hizo más profundo.

La lengua de Hakim penetró su boca, buscando hacerla suya. Mientras la besaba, ella desabrochó los botones de su camisa y deslizó la mano, tocando su pecho desnudo. Fue entonces cuando se dio cuenta realmente de que no era un sueño en la vigilia. Ninguna fantasía podía ser tan maravillosa como aquello.

Y por eso era más intenso.

Catherine tomó aliento. El mundo parecía dar vueltas a su alrededor en un calidoscopio de sensaciones que jamás había experimentado, pero que reconocía.

Lo deseaba. Desesperadamente.

–¿La gente que se compromete puede hacer el amor? –se oyó decir con sinceridad.

–No.

–¿Porque soy virgen? –preguntó.

Se sentía frustrada y con ganas de llorar. Seguramente Hakim se daría cuenta de la locura que había cometido y se apartaría de ella rápidamente. La vida era muy injusta.

–Es cierto. En parte es por eso.

–Pero yo no quiero ser virgen –se quejó ella.

–Debemos esperar –sonrió Hakim. La besó levemente.

–No puedo.

Él gruñó y la volvió a besar.

Acarició un pecho con una mano, tocando su erecto pezón. Ella se arqueó de deseo. ¡Lo amaba tanto! ¡Y le gustaba tanto lo que estaba haciendo! Por primera vez en su vida, Catherine se alegró de no haber estado con otro hombre. Quería que Hakim fuera el primero.

Hakim le besó el cuello hacia abajo y llegó hasta las pulsaciones de su corazón. Ella se sintió derretir y dejó escapar un gemido de placer, abrumada ante aquella sensación.

Sintió la boca de Hakim en el escote, su lengua acariciando su piel de un modo inesperado. Se quedó inmóvil cuando sintió que él tiraba hacia abajo de su escote y dejaba sus pechos al descubierto.

Él dejó de moverse y se apartó para mirarla. Era un cuerpo muy femenino. Ella se puso colorada. Sintió las manos morenas sobre la piel rosada y gimió de goce, y se estremeció.

–Eres tan hermosa. Tan perfecta –dijo con la misma sensualidad que la tocaba.

–Soy... –iba a decir algo así como que no era exactamente una modelo, pero él la acalló poniendo un dedo en sus labios.

–Exquisita. Eres exquisita.

En ese momento bajó la cabeza y tocó sus pechos con sus labios. Ella perdió la noción del tiempo y del espacio. Él la saboreó centímetro a centímetro, cubriendo las curvas de su cuerpo con exquisitas caricias. Cuando tomó uno de sus pezones con la boca, ella tembló con lágrimas en los ojos.

El placer era insoportable. Era demasiado.

–¡Hakim, querido, por favor!

Ella no sabía qué le estaba rogando que hiciera, pero él deslizó una mano por debajo de su falda. Acarició su pierna por encima de las medias, lentamente fue subiendo.

Aquella tortura, junto con las caricias de su boca en sus pechos, la iban a volver loca. Entonces sintió la mano de Hakim en la cintura de sus medias, internándose hacia el centro de su femineidad. Sus dedos acariciaron su sexo a través de la seda de sus braguitas. Una sensación de placer la invadió, creyendo que explotaría.

Gimió, y le pareció oír a Hakim maldecir, pero no estaba segura. No sentía más que la agonía de su cuerpo excitado.

Hakim deslizó su mano por dentro de sus braguitas y ella gritó al sentirla. Nunca había sentido algo

similar. Jamás la había tocado un hombre tan íntimamente.

Se quedó rígida, y luego se movió convulsiva-
mente. Sus músculos se tensaron.

Hakim siguió su tormento, hasta que su cuerpo en-
tero se tensó y luego liberó su excitación.

Él la apretó contra su pecho, envolviéndola con sus
brazos. Las lágrimas que habían amenazado tímidamente con salir al exterior, rodaron libremente, y ella
sollozó con abandono, al entregarse a la cima del placer.

Él la consoló, susurrando palabras en un idioma
que ella no conocía. Daba igual, lo que importaba era
el tono que empleaba.

–Ha sido demasiado.

–Ha sido más bonito que el desierto cuando ama-
nece.

–Te amo –le confesó Catherine.

Estaba perdidamente enamorada de aquel hombre
que podía tener a cualquier mujer que quisiera y sin
embargo estaba con ella. Y eso la asustaba.

El reconocerlo no cambiaba las cosas.

Hakim acarició su espalda y ella tembló con otra
convulsión. Si no había sido un terremoto, poco le había faltado, pensó ella.

Hakim la alzó en brazos y la llevó hasta el dormitorio. Encendió la lámpara de la mesilla y la dejó en la
cama.

–Por favor, no te vayas –le dijo ella, aferrándose a
su cuello.

Él se puso tenso.

–Por favor –le rogó Catherine.

–No ruegues. Si quieres que me quede, me quedaré.

Ella soltó su cuello. Él se irguió al lado de la cama.

–Prepárate para acostarte. Luego volveré para abrazarte.

–¿No vamos a hacer el amor? –preguntó Catherine, dudando que pudiera soportar otra sesión de placer como aquélla.

–Hasta que no estemos casados, no.

–Pero...

–Esperaremos –respondió Hakim, agitando la cabeza.

Hakim estaba muy excitado. Se le notaba a través del pantalón. Ella no podría soportar que la abrazara toda la noche estando en esas condiciones.

Ella seguía sin creer que terminarían casándose.

–Yo podría... –se puso colorada sin terminar la frase.

Sabía que él era suficientemente inteligente para completarla.

–Me daré una ducha –dijo él.

–¿Vas a darte una ducha fría?

La idea de un hombre tan atractivo como Hakim dándose una ducha fría por ella le resultaba muy excitante.

Él sonrió.

–Prepárate para dormir. Yo volveré en un momento.

Ella asintió y lo vio alejarse. Fue entonces cuando se dio cuenta de que su pecho estaba desnudo aún. Sus pezones estaban aún húmedos por sus besos. Se quedó petrificada al verlos. ¡Oh! Tuvo que reunir fuerzas para ponerse el camisón y meterse en la cama.

Hakim se duchó con agua tibia. Le dolía el cuerpo de tanta pasión. Estaba satisfecho, sin embargo. Había sido un éxito su plan.

Casarse con Catherine no sería un sacrificio.

Debajo de su apariencia tímida, era apasionada, y deliciosamente sensual. Había sido difícil reprimir las ganas de hacer el amor con ella.

Aún estaba excitado. Y al parecer, no lograría fácilmente enfriar su deseo.

No podía olvidar la imagen de Catherine con el vestido bajado, sus pechos grandes, su cuerpo estremeciéndose de deseo. Y el modo en que había explotado... Su cuerpo convulsionándose. Gruñó al sentir que su sexo se tensaba al recordarla.

Quizás una ducha fría no estuviera mal. Giró el grifo hacia la derecha y enseguida sintió el frío. Resopló, practicando una autodisciplina aprendida con la guardia de elite en el palacio, junto a su tío.

Catherine tendría que casarse con él muy pronto. Seguramente ella no pondría reparos a una sencilla boda civil. Estaba muy contenta de casarse con él. Lo amaba.

Aunque no era necesario, eso lo complacía. Satisfacía su orgullo el que su futura esposa lo amase.

Su sorpresa ante su proposición subrayaba la realidad de que a sus veinticuatro años no había tenido una relación seria. Al menos era lo que había dicho su padre, y Hakim no tenía motivos para no creerlo.

El hecho de que fuera virgen había sido importante para el tío de Hakim. Según éste, ningún príncipe de Jawhar podía casarse con una mujer de moral dudosa. Hakim sentía una cierta satisfacción primitiva en la inmaculada condición de Catherine. Pero no le daba la misma importancia que su tío.

Después de todo, había estado a punto de casarse una vez, y la mujer no había sido virgen. Indudablemente, su tío no habría aprobado aquella relación.

Y ahora, que deseaba tanto internarse en la sedosa humedad del cuerpo de Catherine, su inocencia le resultaba más una barrera para el placer que una ventaja.

Volvió a entrar en la habitación y encontró a Catherine sentada en la cama, vestida con un virginal camisón blanco, casi victoriano, con el pelo recogido en una trenza sobre su hombro.

Hakim sonrió ante aquella inocencia.

Pero cuando se acercó, se le borró la sonrisa. Porque el camisón dejaba traslucir la areola de sus pezones, al igual que el contorno de sus pechos. Deseó haberse dejado puestos los pantalones, puesto que el efecto de la ducha fría había desaparecido y en su lugar la seda de sus calzoncillos dejaba ver una abultada erección.

Catherine no parecía darse cuenta. Sus ojos azules no se fijaron en ello. Miraba algo en su hombro derecho. Sus labios se entreabrieron, y pudo ver el interior rosado de su boca.

Cuando él se subió a la cama, ella saltó, sobresaltada.

—¡Hakim!

—¿No me esperabas?

Ella se puso colorada y se metió en la cama, con las mantas hasta el cuello.

—Estaba pensando en algo.

—¿Y era yo ese algo?

Como Hakim esperaba una respuesta afirmativa, cuando Catherine negó con la cabeza, se sorprendió.

—¿En qué estabas pensando?

—Simplemente... En una historia.

—¿Una historia?

–A veces me gusta pensar en historias románticas.

–¿El haberte hecho el amor no ha sido suficiente para mantener tu mente ocupada?

El hecho de que su inocente prometida fuera capaz de olvidar lo ocurrido cuando él no había podido hacerlo lo irritaba.

–No he querido pensar en ello.

–¿Por qué? –preguntó, ofendido, y con actitud intimidante.

–Dijiste que no podíamos hacer el amor hasta que estemos casados.

–Sí, es verdad.

–Bueno, entonces, ¿qué sentido tiene excitarme si no va a pasar nada?

Era una buena pregunta. Su sexo estaba erecto. Sólo lo disimulaban las mantas que lo cubrían.

Le molestaba que su habitual control lo hubiera abandonado. Al parecer, ella tenía más control que él sobre sus deseos. A él no le gustaba sentirse débil, ni siquiera en el terreno puramente sexual.

–¿Así que imaginabas una historia en tu cabeza?

¿Qué tipo de historia habría podido borrar el juego sexual que habían compartido?

–Sí.

–Y no se trataba de mí –dijo, algo enfadado.

–Se supone que si fuera así, la historia no cumpliría su objetivo. ¿No crees?

–Creí que querías que me quedase contigo esta noche.

Catherine lo miró, seria.

–¿Acaso vas a marcharte porque esté soñando despierta?

–Me he comprometido a quedarme –respondió él–. Y me quedaré.

Catherine se mordió el labio inferior, aún rojo por los besos.

—¿Siempre cumples tus promesas?

Ella no lo conocía bien, pensó Hakim.

—Siempre —contestó, pensando en que le había dado su palabra de que no harían el amor hasta después de la boda.

Capítulo 4

EN NUESTRO matrimonio, siempre sabrás que cuando hago una promesa, la cumplo.

Catherine lo miró. «¿Su matrimonio?», pensó. La broma había ido demasiado lejos.

—Deja de tomarme el pelo. No nos vamos a casar.

Hakim la miró con un brillo peligroso en los ojos.

—Cuando me prometas algo, esperaré lo mismo de ti. Nos casaremos.

—Pero, ¿por qué?

Suponía que él sabía que no tenía que casarse con ella para hacerle el amor.

—¿Dudas tanto de tu atractivo que tienes que hacer esa pregunta?

—¡Pero tú eres un jeque, por el amor de Dios! ¿No tienes que casarte con una princesa o algo así?

—No somos tan anticuados en la familia real de Jawhar. Catherine, quiero casarme contigo.

Ella aún no podía creerlo.

—Yo no lo creo.

—Te deseo, Catherine. Creí que era evidente.

Felicity le había dicho que ella ya no era la niña excesivamente alta, ni la que tenía la cara llena de acné. Pero Catherine siempre se había sentido así.

—Acepta que me complace mucho hacerte mi esposa.

No encontraba razón alguna para que un hombre

como Hakim quisiera casarse con ella. Y la única que se le ocurría estaba tan fuera de la realidad...

Por amor. Debía de amarla. Era lo único que hacía que la situación tuviera sentido. Él no se lo había dicho, pero tal vez era algo normal en su cultura. O no quería admitirlo interiormente, o lo que fuese.

Catherine se quedó en silencio. Hakim suspiró y dijo:

—Ha llegado el momento de casarme. El deseo de mi tío es que me case ahora.

—Y tú me has escogido a mí.

—Tú eres la novia escogida por mí.

Ella sonrió.

—Quiero tener hijos.

Quería tener una familia que la quisiera incondicionalmente.

—Yo también.

De pronto una idea se le cruzó por la cabeza.

—Tienes que ser fiel. No quiero amantes. Ni otras esposas.

Hakim no sonrió.

—No se practica la poligamia en Jawhar, y si tuviera una amante comprometería mi honor como príncipe.

—Entonces, me casaré contigo.

—Eso me satisface.

No eran palabras románticas, pero tal vez no pudiera esperar otra cosa de un hombre tan sofisticado como Hakim.

—Es hora de que nos durmamos —Hakim la besó suavemente. Y ella tuvo que hacer un esfuerzo por no quedarse unida a sus labios.

—De acuerdo.

Aunque no la rodeó completamente con su cuerpo, Hakim puso un brazo sobre su vientre. ¡Era tan bonito, que no quería dormirse! Por primera vez la realidad era más maravillosa que la fantasía.

Un rayo de luz despertó a Hakim. Esperó a ver qué hacía ella.

Catherine tenía la mano en su pecho. No hizo nada, pero lo estaba mirando. Y su mirada era como una corriente eléctrica dirigida a él. Luego la vio observando su mano en el pecho de él.

–Buenos días.

–Buenos días, Hakim.

Sus ojos azules tenían un potente efecto sobre él.

Catherine estaba más cerca de lo que había estado la noche anterior. Su cuerpo se apretaba contra el de él, y la dureza de su excitación estaba a escasos centímetros de ella.

Tenía que apartarse. Inmediatamente.

Aquello era demasiado peligroso.

–¿Tú...?

Hakim esperó a que ella terminase, pero no lo hizo. Su mano empezó a deslizarse hacia abajo por su pecho.

Él debía detenerla. Pero esa pequeña mano lo excitaba más de lo que ninguna otra mujer lo había hecho.

Esperó sin decir nada. La mano se detuvo en la cinturilla de los calzoncillos. No le pediría que continuase, pero el esperar para saber si lo haría lo estaba volviendo loco.

Un dedo se deslizó tímidamente por debajo de la de la prenda.

La exclamación de Catherine ahogó el gemido masculino. Quitó la mano y se apartó de él.

Catherine se quedó mirando el techo, aferrada a las mantas.

–He leído novelas rosas, ¿sabes? Algunas tienen picantes escenas de amor.

–¿Y?

–El experimentarlo es distinto a leerlo –dijo Catherine, perpleja.

–Sí.

–Quiero decir, no esperaba estar tan nerviosa.

–Eres virgen, gatita.

–¿Por qué me llamas así? –preguntó ella, mirándolo.

–Es tu nombre.

–¿Mi nombre?

–Catherine. Cat. Gata. Sólo que no actúas como una gata. Eres más bien como un gatito. Tímida. Curiosa. Inocente.

–¡Oh! ¿Son todas las vírgenes tan asustadizas a la hora de tocar íntimamente a un hombre?

Él no lo sabía. Nunca se había acostado con ninguna.

–No me has tocado íntimamente.

Catherine lo miró.

–Sí te he tocado.

Él se fijó en sus pechos, erguidos contra la tela del camisón.

Alargó la mano y los tocó.

–Esto es tocarte a través del camisón.

Luego desató la cinta que cerraba el escote de la prenda, y Catherine contuvo la respiración.

Hakim abrió el escote y tomó con la mano uno de sus pechos.

–¡Oh! ¡Dios! –no pudo sonreír. El deseo era demasiado insoportable.

Era tan perfecto.

–Esto es tocar íntimamente.

–¡Oh!

Hakim estaba a punto de perder el control. Pero siguió torturándose, jugando con sus pezones.

–¿Puedo...? ¿Puedo...? –Catherine no siguió hablando.

Hakim seguía acariciándola mientras tanto.

–Si puedes qué.

–Tocarte.

Hakim respiró profundamente.

Lo deseaba. Lo deseaba terriblemente. Pero si lo hacía, consumarían el matrimonio antes de la boda. Él había hecho una promesa.

–No sería sensato.

–Hakim.

Reacio, Hakim quitó la mano del pecho de Catherine. Se sentía como si hubiera caminado en el desierto bajo el sol.

–Tú te me subes a la cabeza, como el champán.

–Me ha dado la impresión de que llego a otras partes.

–También.

Catherine parecía tan contenta consigo misma, que él estuvo tentado de besarla. Entonces la vio fruncir el ceño.

–¿Estás seguro de que soy yo?

–No veo a nadie más en la habitación.

–Quiero decir, he leído que los hombres se despiertan sintiéndose así. Podría ser simplemente tu erección matutina.

Hakim no pudo evitarlo. Estalló en una risa profunda.

Extendió la mano para acariciar su mejilla.

–Tú sabes cosas de los libros, pero la realidad es diferente. Te deseo, Catherine. Desesperadamente.

Ella sonrió.

A Hakim le había gustado mucho el desayuno que había preparado ella: huevos revueltos hechos con especias y goffres. Era la primera vez que preparaba el desayuno para un hombre. Se había estrenado en muchas cosas aquella mañana. Había sido la primera vez que se había despertado al lado de un hombre. La primera vez que había tenido que compartir el cepillo de dientes. Se había sorprendido cuando Hakim le había pedido usarlo. Era algo muy íntimo. Como lo que habían hecho en el sofá.

Puso la vajilla en el lavaplatos mientras Hakim repasaba la encimera y la mesa.

–Se te ve muy doméstico para ser un jeque.

–He vivido solo durante la mayor parte del tiempo de universidad.

–Has dicho durante la mayor parte. ¿Quiere decir que has compartido piso alguna vez?

No podía imaginar a un jeque compartiendo habitación con un compañero. Claro que pronto ella lo haría. Pero como su mujer.

–Sí. Compartí el piso una vez –echó las pocas migas del mantel en el fregadero.

–¿Y no funcionó?

–No. No salió bien.

Algo en su voz la alertó de que no estaba hablando de un compañero de habitación.

–¿Era una mujer?

–Sí.

–¿Erais pareja?

–Sí.

A Catherine se le hizo un nudo en la garganta.

–Pensábamos casarnos.

–Pero cortasteis.

–A ella no le atraía la vida en un lugar como Jawhar.

–Pero tú vives en Seattle.

–En aquel momento tenía planes de volver a Jawhar.

–¿No quería irse contigo? –Catherine no podía creerlo.

–Exactamente. ¿Cuándo piensas anunciar nuestro compromiso a tus padres?

El hecho de que hubiera amado a otra mujer lo suficiente como para querer casarse le hacía daño, así que se alegró de que Hakim cambiase de conversación.

–Puedo decírselo a mi madre esta mañana.

–¿Y a tu padre?

Eso le preocupaba a Hakim. En su cultura la aprobación del padre era muy importante.

Catherine miró el reloj. Eran las siete y media.

–Ya está en el trabajo. Mi madre estará en casa un par de horas más.

–Entonces, llamémosla.

Lydia Benning se alegró mucho de la noticia.

–Vas a tener que traerlo a cenar esta noche –le dijo–. Llamaré ahora mismo a Felicity y a Vance –eran la hermana y el cuñado de Catherine–. No veo la hora de dar la bienvenida al hombre que quiere casarse con mi pequeña. Es un jeque. ¡Es tan romántico!

Catherine sonrió a Hakim cuando terminó la conversación.

–Espero que no te importe, pero he quedado a cenar esta noche con mis padres.

—Supongo que te recogeré aquí, ¿no?.

—Nos encontraremos allí. No viven muy lejos de tu apartamento.

—Estaré allí a las seis y media para acompañarte.

—O sea que ha aceptado, ¿verdad? —dijo Harold Benning.

—Sí.

Harold tenía el aspecto de un hombre hecho a sí mismo, extremadamente rico.

Y no le importaba serlo. En ningún momento había mostrado incomodidad ante la idea de que su hija se casara con un jeque.

Hakim se preguntó cómo un hombre tan seguro de sí mismo tenía una hija tan insegura como Catherine.

—No le has dicho nada de nuestro acuerdo, ¿verdad?

—No.

—Bien —contestó Harold con un asentimiento de su cabeza pelirroja—. No lo comprendería. Su madre y yo hemos estado preocupados por su falta de vida social. Cuando era más joven era comprensible, pero después de los tratamientos con láser siguió tan encerrada como antes. Y siempre rechaza los intentos de Lydia y míos de presentarle hombres.

«¿Tratamiento con láser?», se preguntó Hakim.

—Es muy independiente.

Algo que cambiaría con su boda, naturalmente.

—Sí. Es muy cabezota —dijo el padre de Catherine.

Hakim no se imaginaba a la tímida Catherine tan obstinada, pero no iba a mostrar su desacuerdo con su padre.

—¿Sabe su esposa el arreglo entre mi tío y su empresa?

–No exactamente. Le he dicho que estaba buscando un marido para Catherine, pero ella no comprendería la parte del matrimonio del acuerdo, al igual que Catherine. Las mujeres son todas unas románticas.

–Usted debe conocer a su familia mejor que yo.

Su hermana había tenido que pagar una buena dote para casarse con un príncipe de la tribu Beduina de sus padres.

No obstante, había sido muy feliz el día de su boda. Y él quería lo mismo para su futura esposa. Y si para ello tenía que ocultar ciertos detalles, no le importaba.

Capítulo 5

A HAKIM le gustaron los muebles de la mansión de los Benning. Lydia, la madre de Catherine, tenía muy buen gusto.

Estaban en el comedor, terminando el postre. La madre de Catherine y su hermana, Felicity, podrían haber sido hermanas, por su estructura menuda, el pelo rubio y los ojos grises. En cambio el parecido de Catherine con su madre era menor. Un hecho inquietante a los ojos de Hakim.

A pesar de ello, Lydia Benning parecía realmente contenta de que su hija fuera feliz. Y Catherine lo era. Irradiaba felicidad.

Hakim observó a Catherine comer el postre, y cerró los ojos cuando ella lamió la cuchara. Le quedó una gota de azúcar quemada en la comisura de los labios, y él se la limpió con la punta de los dedos. Fue un gesto instintivo, que se transformó en algo más intenso al ver en sus ojos el brillo del deseo que fluía entre ellos.

Una risa rompió aquel lazo sensual.

—Será mejor que la boda sea pronto... —dijo Vance mirándolos.

Hakim estuvo de acuerdo.

—Creo que el tiempo que hay que esperar en el estado de Washington es una semana.

—En realidad son tres días —dijo sensualmente Catherine–. Pero, ¿qué más da? Por lo menos llevará seis semanas preparar una boda por la iglesia.

Hakim miró a su prometida.

–¿Quieres una boda formal, de verdad?

Ella era demasiado tímida para ser el centro de atención de un evento.

–¿Por qué no?

–¿Te has olvidado de la reunión de la Sociedad de Telescopios Antiguos a la que fuimos juntos?

–¿Y eso qué tiene que ver con la boda?

–No quisiste ir a ver el telescopio porque tenías que pasar por delante de los demás. Y parecías incómoda cuando diste esa charla para recaudar fondos para el hospital de niños. Vas a estar muy nerviosa si tienes que enfrentarte a cientos de invitados a la boda.

–¿Quieres una ceremonia civil? –preguntó Catherine; parecía algo decepcionada.

–Podemos organizar una pequeña ceremonia con un sacerdote, si lo prefieres –dijo Hakim.

Catherine no sonrió en señal de gratitud, como él esperaba. De hecho, su sonrisa abandonó su rostro.

–¿No te importa casarte por la iglesia? –preguntó Vance a Hakim.

Hakim desvió la mirada de Catherine, turbado por su repentina falta de entusiasmo.

–La tribu de mi abuelo es una de las muchas beduinas convertida al cristianismo hace siglos.

–Yo pensé que todos los beduinos se habían convertido al islam –comentó Felicity.

–No todos –contestó Hakim.

No tenía ganas de entrar en una conversación acerca de la historia de la religión de los beduinos. Lo que deseaba era que Catherine volviera a sonreír.

–¿Te parece bien una pequeña ceremonia? –le preguntó a Catherine.

¿Qué podía contestar? Había soñado con su boda desde que era pequeña, y sinceramente no se había imaginado algo sencillo.

Pero Hakim tenía razón. Era normal que pensara que ella no quisiera una boda en toda regla, teniendo en cuenta lo tímida que era.

Pero el hecho de saber que Hakim quería casarse con ella le había dado confianza en sí misma. Era un hombre muy especial. Sexy. Atractivo. Era un jeque, ¡por Dios! Y él la quería a ella. El saberlo le había dado el deseo de satisfacer el secreto sueño de su corazón.

Antes de que pudiera responder, Hakim la tocó con un gesto íntimo.

—Quiero que seas mi esposa.

El mensaje estaba claro. Quería hacer el amor con ella y le había dicho que tendrían que esperar a que se casaran.

Y ella también lo deseaba más que a la boda del cuento de hadas de sus sueños.

—De acuerdo —dijo Catherine con una sonrisa.

—¡Catherine! —la voz de Felicity parecía sorprendida, y algo decepcionada.

Felicity hubiera hecho cualquier cosa por celebrar una boda por todo lo alto. Había preparado la suya con todo detalle. Incluso le había pedido a su hermana que fuera dama de honor. Pero Catherine le había insistido en ser simplemente una invitada. No había querido destacar tanto. Ni salir en las fotos de la boda. Y su madre había dado instrucciones precisas de que así fuera.

Intentó olvidar malos recuerdos.

—Puedes ayudarme a organizarla —dijo Catherine a su hermana mayor con una sonrisa cariñosa.

–Cariño, tú querías un coche tirado por caballos blancos, flores, música...

Catherine la interrumpió antes de que su hermana revelara todas sus fantasías.

–Eso era cuando tenía nueve años –comentó.

Había sido un año antes de crecer varios centímetros durante un verano y de sobresalir por encima de todas sus compañeras de clase. A partir de entonces, su autoestima había mermado, por una u otra razón.

–Pero...

–¿Quieres ir de compras conmigo mañana? Necesito un vestido de novia.

–Por supuesto, pero, ¿no tienes que trabajar en la biblioteca?

–Me tomaré un día por asuntos propios.

Era la primera vez que lo haría.

–¿Y la luna de miel? –preguntó Vance.

Catherine agitó la cabeza decididamente.

–No es posible.

–¿Por qué no? –preguntó Hakim.

Él había pensado llevarla inmediatamente a Jawhar para que la conociera su familia.

–No puedo dejar la biblioteca así de repente. No tenemos a nadie que me reemplace.

–¡Eso es ridículo! Contrataré a alguien por ese tiempo si eso te preocupa –comentó Harold.

Catherine agitó la cabeza.

–La bibliotecaria no puede ser alguien de empleo temporal, papá.

–Siempre tienes la posibilidad de dejar tu trabajo –sonrió Lydia–. Hakim necesitará tu atención cuando estés casada. Tendrás una vida social más amplia.

Hakim estuvo de acuerdo con Lydia. Pero la mirada de Catherine no parecía valorar mucho la opinión de su madre.

–No voy a dejar mi trabajo –dijo Catherine–. Me gusta.

–¿Y si te dijera que eso es lo que quiero? –preguntó Hakim, tanteando lo que tenía en común su prometida con su antigua novia.

–¿Es eso lo que quieres? –preguntó Catherine sin revelar su opinión.

–Me gustaría saber que estás disponible para viajar conmigo cuando sea necesario.

–Si lo aviso con tiempo, podría viajar contigo ahora.

–Entonces tendremos que planear un viaje a Jawhar después de que los avises. Quiero que conozcas a mi familia.

–¿No van a venir para la boda? –preguntó Felicity, aceptando una copa de vino de su marido–. Supongo que no querrán perdérsela.

–Tengo sólo a mi hermana. Ella y su esposo estarán encantados de conocer a Catherine en el desierto de Kadar.

–¿No tienes más familia? –preguntó Felicity.

–Algunos parientes. El padre de mi madre. Es el jeque de la tribu beduina –hizo una pausa–. También está el hermano de mi padre, el rey de Jawhar, y su familia.

–¿Tu tío es rey? –preguntó Felicity, asombrada.

–Sí –tomó la mano de Catherine y le dio un beso en la palma–. Mi abuelo estará encantado. Me ha estado insistiendo en que me casara desde que terminé la universidad.

Claro que había tenido esperanzas de que su matrimonio lo hiciera volver al desierto, y eso no sucedería.

–¿Por qué no puede venir tu familia? –insistió Felicity.

–Hay una facción de disidentes en Jawhar que se oponen al liderazgo de mi tío. Él teme poner en riesgo su reinado si se va del país ahora.

–Creí que tu familia había gobernado el país desde hace generaciones –dijo Catherine, confundida–. Es raro que haya opositores después de tantos años. Tu tío es apreciado por la gente de Jawhar.

Ella había estado leyendo sobre su país.

–Es verdad. Pero aparecen disidentes de vez en cuando. Hace veinte años hubo un golpe. No tuvo éxito. Pero murieron varias personas.

Como sus padres, pensó.

–¿Y eso qué tiene que ver con lo que sucede hoy?

–Lo que quedó de esa facción ha estado reuniendo fuerzas fuera de Jawhar durante los últimos cinco años. Mi tío teme que quieran volver a querer derrocar a mi familia del poder. No puede arriesgarse a abandonar el país, ni mis primos tampoco.

–¿Y tu hermana?

–Está casada con un hombre que algún día sucederá en el trono a mi abuelo como jeque de la tribu. Te conocerá cuando vayamos allí a celebrar nuestra boda beduina.

–¿Nos vamos a casar una segunda vez en Jawhar?

–Sí.

Sería necesario para satisfacer sus obligaciones de respeto a su abuelo.

Catherine se mantuvo callada durante el trayecto a su apartamento.

Al día siguiente Hakim y ella irían a buscar la licencia de matrimonio.

La mente de Catherine divagó nuevamente con sus fantasías.

Estaba frente al altar, con un vestido de novia, Hakim la miraba con ojos de amor. Eso era un sueño, definitivamente.

Suspiró.

—¿En qué estás pensando, Catherine?

—En flores, muchas muchas flores.

—Cuéntame lo del coche tirado por caballos.

—Era algo de lo que hablábamos cuando éramos pequeñas.

—Y algo en lo que estás pensando ahora.

—Felicity y yo solíamos hablar de la boda de nuestros sueños. Creo que muchas niñas imaginan esas cosas: un bonito vestido, en un coche con un príncipe. Sólo eran tontas fantasías. Nada que ver con nuestra boda.

—¿Y no soy yo el príncipe de tus sueños?

Ella sonrió.

—Bueno. Eres el príncipe de Jawhar y eres encantador, así que supongo que sí.

—O sea que es la boda de tu fantasía lo que crees imposible.

—Es algo que no puede prepararse en una semana.

—¿Lleva un mínimo de seis semanas? —preguntó Hakim, recordando su comentario durante la cena.

—No lo sé.

La boda de Felicity se había preparado con varios meses.

—Con dinero suficiente y todo lo necesario, ¿crees que no puede arreglarse en menos de seis semanas?

—¿Qué menos?

—¿No puedes arreglarla en un mes?

—¿Quieres decir que estás dispuesto a esperar?

—Me complace hacer realidad tus sueños —dijo arrogantemente.

—¿Tres semanas? —preguntó ella, como si estuviera negociando.

—¿Vas a tomarte unos días para visitar Jawhar?

—Con tres semanas de anticipación, puedo tomarme vacaciones, sí.

—Pues, trato hecho.

La cena de compromiso fue como una fiesta.

Catherine bailó con su padre.

—Tiene buena cabeza para los negocios —comentó su padre, entre los comentarios de los buenos atributos de Hakim.

Ella asintió.

—Es considerado. Mira cómo ha cambiado la idea de la boda para complacerte.

Finalmente ella se rió.

—Papá, no tienes que vendérmelo. No es uno de los pretendientes que me has querido presentar. Él me ha elegido a mí y yo a él. Quiero casarme con él.

Sentía satisfacción al saber que su padre no había tenido nada que ver en todo aquello. Hakim no quería nada de su padre. No quería nada de Excavaciones Benning. Su deseo por ella sólo sería físico. La deseaba. Deseaba a Catherine Marie Benning, y nada más.

Hakim esperó a su futura esposa en el altar. El órgano sonó por toda la iglesia. La hermana de Catherine apareció en escena. Llevaba un vestido exquisito, que destacaba su pelo rubio.

Hakim sintió que su pulso se aceleraba mientras esperaba a su prometida. Ni se fijó en la niña que entró en la iglesia salpicando de pétalos el pasillo.

Todos los asistentes tomaron sus puestos. La música dejó de sonar unos segundos. Cuando volvió a sonar, fue con la marcha nupcial.

Y entonces la vio entrar por la puerta de doble hoja. Hakim se quedó sin aliento. Catherine llevaba un vestido deslumbrante que combinaba lo mejor de oriente y de occidente con un efecto absolutamente natural.

El vestido blanco tradicional se ajustaba a su cuerpo, acentuando sus formas femeninas. La tela crujía levemente cuando se movía hacia el altar. El bajo, las mangas estilo medieval y el escote estaban bordados con oro, formando figuras geométricas. El velo transparente tenía bordados a juego en sus bordes también.

Catherine sonreía debajo. Le temblaba la mano que llevaba el ramo, y Kim notó que estaba fría cuando se la agarró.

Ese gesto pareció confortarla, pero toda una vida de timidez no se olvida fácilmente.

Hicieron sus promesas de matrimonio y él le puso la alianza acompañada del anillo beduino con un rubí que le había regalado anteriormente. Había sido de su madre.

El sacerdote dio permiso para que los novios se besaran.

Y todo el resto de la escena pareció desaparecer. Sólo parecían estar ellos dos.

A Hakim le gustó aquella ceremonia occidental, y la estrechó en sus brazos para besarla delante de todos los invitados.

Había cumplido con su deber y había encontrado una mujer con la que podría satisfacer su pasión.

Estaba satisfecho.

—¿En qué estás pensando, Catherine?

Catherine lo miró.

—En nada.

Había estado pensando en la noche que los esperaba.

Hakim había estado en la cabina del piloto, así que ella había tenido unos minutos para estar sola.

Estaba nerviosa, excitada, feliz.

—Dime, ¿quieres ver el aterrizaje, entonces? —le preguntó.

—Probablemente —contestó él.

—Los pilotos de tu tío debían disfrutar llevándote con ellos.

—No se quejaban. A mí me gustaba estar con ellos durante los aterrizajes y despegues.

—Entonces, ¿qué tiene de especial este viaje?

—¿Y me lo preguntas? Mi esposa está conmigo. Su seguridad es importante para mí.

Ella sintió una gran emoción.

—Tu esposa es una mujer afortunada de tener tantos cuidados.

—Espero que lo crea así.

—Así es —involuntariamente Catherine le besó la palma de la mano.

Hakim se inclinó hacia ella, desabrochó el cinturón de seguridad y le tomó la mano para ponerla de pie—. Ven, gatita. Tenemos una cama que nos está esperando.

Ella asintió. No podía hablar de la emoción. No se le había ocurrido ir antes a la habitación. Felicity le había regalado un camisón de satén blanco, y habría podido recibirlo con él puesto. Pero estaba hecha un manojo de nervios, así que no sabía si hubiera sido capaz de hacerlo.

Por un lado deseaba cumplir con todos los detalles de una boda tradicional, y por otro, estaba muy nerviosa y actuaba con torpeza.

Hakim la acompañó al dormitorio. Estaba todo cubierto de seda. Flores por todas partes, todas blancas y rojas. Había un cubo con champán frío al lado de la cama.

–¿Te gusta?

–¡Oh, sí! Es hermoso –se giró para mirarlo.

–Me alegro de haberte complacido. Hoy me has dado una gran satisfacción.

Ella sonrió.

–Te gusta el vestido.

Ella había sabido que le gustaría.

–Me encanta. Pero ahora mismo me gustaría verte sin nada de ropa.

–¿Quieres que me quite la ropa?

Ella había imaginado que él se la quitaría.

–¿Quieres ponerte otra cosa?

Podría ponerse el regalo de Felicity...

Ella miró alrededor.

–Hay un cuarto de baño allí –le indicó Hakim–. Pero podrías cambiarte aquí...

Él la había visto prácticamente desnuda, pero con los nervios que tenía no se daba cuenta.

–Yo voy a desvestirme aquí –agregó Hakim.

Capítulo 6

HAKIM salió del cuarto de baño después de darle tiempo a su flamante esposa de que se preparase.

Catherine estaba sentada en medio de la cama, rodeada de cojines. Por primera vez tenía el cabello suelto, y la cascada de sus hebras rubias oscuras caían sobre sus hombros.

Tenía las piernas dobladas y rodeaba sus rodillas con sus brazos.

—No sabía si tenía que estar de pie o echada —dijo—. Así que he decidido sentarme.

—¿Te da pudor mostrarme tu cuerpo?

Catherine agitó la cabeza y su pelo se onduló con el movimiento, produciendo una instantánea reacción en todo su cuerpo viril.

—Estás acurrucada como un gatito pequeño.

—¿Pequeño? —se rió ella—. Tal vez no te has dado cuenta, pero soy bastante más alta que la mayoría de las mujeres.

—No lo creo. Quizás seas un poco más alta que la media, pero para mí, eres bastante pequeña —le explicó, para que comprendiera que era absurdo referirse a sí misma como a un gigante.

—Sí, bueno, tú eres bastante alto, ¿no? —respondió Catherine, con un tono que parecía traslucir estar complacida con el comentario.

Hakim se encogió de hombros.

—Entre mi gente, me consideran alto.

No tenía ganas de hablar de la altura media de su gente, pero al parecer, eso la relajaba. Y él deseaba que estuviera cómoda.

—Los niños solían tomarme el pelo cuando era pequeña. Me llamaban Amazona, o cosas así.

Hakim se sentó en la cama y puso una mano encima de las de ella.

—Es bueno que compartas estos recuerdos conmigo. Te ayudaré a borrarlos.

—Tú estás tan seguro de ti mismo...

—Soy un hombre...

Ella agitó la cabeza.

—Te lo aseguro —insistió él.

Ella se rió.

—No lo dudo.

Hakim no pudo resistirlo más, y tomó un mechón de cabello entre sus dedos.

—Cuéntame...

—Cuando era pequeña, crecí varios centímetros durante un verano. Y no dejé de crecer hasta que pasé a todos mis compañeros. Para entonces tenía trece años y algunos de los chicos empezaban a alcanzarme, pero seguí siendo más alta que la mayoría de ellos al menos durante otro año.

—Le ocurre a muchas chicas. No es tan malo.

—Lo era. Supongo que no es fácil de comprender para ti. Yo era tímida y me costaba hacer amigos, y los niños me tomaban el pelo diciéndome que era gigante, y las niñas sentían pena por mí. El haber crecido tan repentinamente empeoró más las cosas.

—Pero como dices tú, los niños crecieron y las niñas, muchas de ellas, pueden haberte alcanzado.

–No quiero seguir hablando de esto –Catherine cerró los ojos.

Había algo más. Algo que ella no quería compartir con nadie. Pero Hakim quería saberlo todo acerca de aquella mujer con la que se había casado.

–Tu padre comentó algo acerca de un tratamiento de láser. ¿Para qué era?

–¿Cuándo te habló de eso? –preguntó, confusa e incómoda.

Hakim tenía que pensar bien la respuesta como para no revelar el secreto.

–Estábamos hablando de la boda –mintió.

Se trataba de una mentira piadosa.

–¡Oh! –respondió. Una expresión de tristeza inundó su rostro y entonces dijo–: Cuando tenía trece años tuve acné.

–Eso es bastante frecuente en la adolescencia.

–No, pero el mío era terrible. Los médicos me dieron antibióticos, me hicieron tratamientos para la piel... No había manera de quitármelo. Tuve la cara violeta de las marcas de los granos durante cinco años. A los dieciocho años finalmente me dejó de salir. Y empecé un tratamiento con láser para tratar las cicatrices a los diecinueve años.

Hakim le acarició la mejilla y le dijo:

–Eres hermosa.

–No lo creo. Pero al menos ya no soy un estorbo para mis padres y una persona que doy pena a la gente.

–Seguramente a tus padres no les preocupaba tanto tu aspecto –Hakim se puso tenso al oírla decir aquello.

–No podían hacer nada. Así que, ignoraron el problema.

Hakim sintió que había algo más. Se quedó callado para ver si ella lo compartía con él.

Catherine lo miró a los ojos durante unos segundos. En ellos había un brillo de dolor.

—Para mis padres la única forma de solucionar el problema era evitarme lo más posible. No hicimos fotos durante esos cinco años. Con frecuencia mis padres quedaban con sus amigos fuera de casa en lugar de arriesgarse a mostrar a su hija —sus ojos brillaron con lágrimas incipientes.

—A Felicity fue a la única que no le importó. Me invitaba a quedarme con ella y me ayudaba a salir de mi encierro.

—¿Qué sucedió después de los tratamientos de láser?

—Intentaron casarme por todos los medios. Creo que pensaron que el tener marido probaría que sus genes no estaban dañados.

—Tú te resististe.

Hakim recordó que Harold le había contado que Catherine no había querido casarse con ninguno de los hombres que le había presentado.

—No quería salir con hombres por pena, ni el casarme como un medio para conseguir un suegro rico.

Hakim se puso tenso.

—Yo no quiero la riqueza de tu padre —dijo.

—Lo sé —sonrió ella.

No podía contarle el plan de asociarse con la empresa de su padre. Jamás lo comprendería. Pero podía demostrarle que era una mujer deseable ahora, para que borrase los malos recuerdos del pasado.

Él se puso de pie al lado de la cama.

—Me has dicho que no te importaba mostrarme tu cuerpo.

—Y es así.

—Entonces, ven —Hakim extendió la mano.

Catherine le dio la mano.

Sintió las manos suaves de Hakim envolviéndola, dibujando las curvas de su cuerpo.

Hakim hizo un esfuerzo por moverse y fue a servir una copa de champán. Bebió un trago y tiró de ella hacia él, de manera que la redondez del trasero de Catherine presionase contra sus muslos viriles.

Le dio de beber.

—Compártelo conmigo —le dijo.

Catherine bebió. La mano de Hakim se deslizó desde el hombro hasta su pecho izquierdo. Ella dejó escapar un gemido de placer.

Entonces él volvió a darle de beber mientras seguía atormentándola con sus caricias. Su pezón se puso duro debajo de los dedos de Hakim. Luego Hakim cambió la copa de mano y le acarició el pecho derecho. Volvió a repetir la operación y le ofreció champán. Ella se abandonó a la sensación de las burbujas en su garganta y al placer de sus caricias.

Finalmente la copa se vació, mientras ella gemía en voz alta. Él dejó caer la copa en la alfombra y le tomó ambos pechos. Jugó con sus pezones. Ella se arqueó ante la exquisita tortura de aquella sensación.

—Por favor, Hakim... Por favor... Hakim...

Pero él no iba a ceder a hacerle el amor aún. Quería darle más placer del que jamás hubiera imaginado. Y ni siquiera iba a abandonarse él mismo a lo que le pedía su cuerpo antes de volverla loca.

La cabeza de Catherine se movía de lado a lado mientras él la inundaba de caricias.

—¡No puedo más, no puedo más!

—Sí puedes. Tu cuerpo es capaz de recibir mucho placer —le susurró él al oído.

Hakim deslizó una mano por su muslo. El camisón tenía una abertura a los lados. Al sentir la suavidad de su piel Hakim sintió una interna satisfacción. Luego se deleitó en jugar con los rizos de su pubis.

—¡Oh! —exclamó ella.

Catherine se movió contra su mano, y él le acarició el sexo con su dedo, en el centro mismo de su femineidad. La acarició. Y ella se abrió para él, gimiendo de goce, hasta que su cuerpo se estremeció en el éxtasis de la cima del placer. Pero Hakim la siguió acariciando hasta que ella se convulsionó por completo y se derrumbó.

—¡Oh, Hakim! —exclamó ella con voz sensual.

Hakim la tenía abrazada, apretada contra su sexo erecto, pero la satisfacción de darle placer era tan profunda, que no deseaba dejarla escapar.

Catherine se dio la vuelta y le dio un beso en el cuello.

—Te amo —le susurró.

Y aquella caricia con su voz fue demasiado para Hakim para poder seguir controlándose.

—Quiero hacerte mi esposa —dijo con voz profunda.

Ella, que estaba envuelta en la satisfacción del placer, apenas lo oyó.

Era increíble, pero la pasión de Hakim volvió a dar vida al cuerpo de Catherine. Volvieron a despertarse los puntos erógenos de su cuerpo. Sus pezones se pusieron duros. Y sus labios se entreabrieron, esperando que la lengua de Hakim la penetrase. Él no la defraudó. Invadió su boca sensualmente, y ella sintió que se le debilitaban las piernas.

Hakim la alzó en el aire y la apretó contra su pecho. Luego la llevó a la cama de colcha de seda. Dejó de besarla y se puso encima de ella. La miró a los ojos.

–Eres mía.

–Sí –respondió ella con emoción.

Se besaron apasionadamente. Hakim se quitó la bata de seda que llevaba puesta y se echó completamente desnudo al lado de ella. Catherine sintió la suave piel en su cuerpo. Empezó a temblar como si acabase de jugar en la nieve. Pero su reacción pareció no importarle a él. La besó mientras tocaba la tela de su camisón. A ella le pareció que le faltaba el aire.

Catherine se separó un momento y dijo:

–Hakim –no podía decir nada más.

–Llegó la hora –respondió él, alzándose por encima de ella, con su cuerpo totalmente desnudo.

Le quitó el camisón. Catherine se alegró de que la luz no fuera intensa, porque recordó sus imperfecciones físicas.

Él intuyó que pasaba algo.

–¿Qué ocurre?

De todos modos lo vería por sí mismo. Quizás si se lo dijera, no le provocase un shock tan fuerte.

–Tengo marcas –no podía decir la palabra «estrías»–. Del verano en que crecí tanto.

Hakim le terminó de quitar el camisón. Y luego hizo algo que la tomó totalmente por sorpresa. Se levantó. Puso un pie en el suelo y una rodilla en la cama. Luego encendió una luz que triplicó la que había en la habitación.

Fue como un cubo de agua helada para ella. Perdió todo deseo.

–Hakim, por favor...

En aquel momento su mirada se dirigió al cuerpo

desnudo de Hakim. Estaba excitado y ella se olvidó de pensar en la reacción que podría tener él frente a sus estrías, y en cambio se concentró en la idea de que harían el amor por primera vez.

¿Era tan grande su sexo como le parecía o su apreciación era debida a su falta de experiencia?

No se lo iba a preguntar.

—Es más grande de lo normal, ¿o son mis nervios? —se le escapó.

Hakim la miró, sorprendido. En realidad, ella misma se había sorprendido.

Hakim se señaló el sexo.

—No lo sé. No me he comparado con otros hombres —pareció molesto por aquella idea.

Por primera vez en su vida desde los diez años, ella se sintió pequeña. Y no era una sensación completamente placentera. Hakim la miraba como un lobo hambriento. No parecía haber perdido el deseo en absoluto. Y ella volvió a temblar.

Pero cuando la tocó, lo hizo con mucha delicadeza. Le acarició suavemente las estrías que tenía en un costado.

—Creí que serían más grandes. Son muy pequeñas.

—Son horribles.

—No, no lo son.

¿Sería verdad que no le importaban las marcas?

—También las tengo a un lado de las rodillas —no usaba vestidos cortos por esa razón.

Pero él se desentendió de las marcas. Le acarició el pecho. Y ella gimió. Hakim se agachó y lo tomó con su boca. La saboreó con increíble placer, y en un momento dado también deslizó la lengua por una de sus marcas. Ella se retorció de placer. La acarició con su lengua hasta que se apoderó de uno de sus pezones. Cerró los ojos para sentirlo más. Primero le acarició un pecho; luego el otro. Sabía hacerlo muy bien. ¡Era una sensación erótica que jamás habría podido imaginar!

—¿Dices que tus rodillas tienen marcas también?

—¿Qué?

Hakim inspeccionó la zona. Tocó las estrías y dijo:

—Realmente en este momento hay cosas más interesantes que tocar que estas pequeñas marcas...

Catherine comprendió lo que decía cuando sintió su mano deslizarse por la parte interna de sus muslos. Y ella también se olvidó de sus cicatrices cuando empezó a sentir la caricia de su lengua en esa zona unos minutos más tarde.

—¿Hakim?

—¿Mmm? —sus dedos estaban tocando la parte más sensible, la zona anterior a la unión de sus piernas.

—¿Puedes quitar un poco de luz?

—¿Es eso lo que quieres, realmente?

En ese momento, Hakim le acarició la zona más íntima. Estaba húmeda, preparada para él.

—¡Oh! ¡Dios! —exclamó ella al sentir que le introducía un dedo.

—Eres muy sensible —le dijo Hakim.

Él la deleitaba, pero no pudo decírselo.

—Te deseo tanto... Pero tienes que estar preparada...

—Estoy preparada ya —respondió ella.

Pero él jugó con su dedo, entrando y saliendo, excitándola.

—No, pero lo estarás. Ésa es mi responsabilidad, como esposo y amante.

Ella habría contestado, pero el pulgar de Hakim encontró el lugar más dulce y sensible, y ella no fue capaz más que de gemir.

–Hay una tradición en el pueblo de mi abuelo en que las mujeres preparan a la novia y le quitan el himen. Así no hay dolor en la noche de bodas. No obstante, debo admitir que me gusta la idea de que me hayas dejado ese privilegio a mí.

–No creo que lo rompas sólo con la mano.

–¡Ah! Pequeña gatita, eres tan inocente. Podría hacerlo. Pero prefiero a hacerte mía totalmente.

–¿Vamos a...?

Entonces sintió que otro dedo se deslizaba dentro de ella. Hizo lo mismo con dos dedos. Ella sintió una tensión en su interior. Y el deseo de que la satisficiera.

En ese momento Hakim hizo algo totalmente inesperado.

Buscó con la boca el centro de su femineidad. Ella instintivamente se quiso apartar. Pero él le sujetó fuertemente las caderas.

–Hakim. ¡Oh, Hakim! Por favor... Es demasiado. No pares, por favor, no pares.

Era algo indescriptible.

El placer fue en aumento, y aumentó la tensión. Movió las caderas, tensó el cuerpo, y deseó gritar con todas sus fuerzas. Pero no pudo articular sonido alguno. Se aferró a la colcha y estiró las piernas y los pies.

Pero la exquisita tortura continuaba. Fue creciendo hasta que ella dejó escapar un grito de goce y felicidad.

Fue entonces cuando él se puso encima de ella y la penetró. El placer era tan intenso que ella apenas sintió el dolor de la barrera que lo separaba.

Lo miró a los ojos. Ella tenía lágrimas en los suyos

y pronunció las palabras que sabía que Hakim estaba pensando.

—Soy tuya.

—Sí.

—Tú eres mío también.

—¿Acaso lo dudas?

Y entonces él empezó a moverse y todo empezó otra vez. Aquella vez, cuando el cuerpo de ella se convulsionó, él gritó de placer. Y ella gimió, y luego lloró de felicidad.

Hakim no pareció sentirse más impresionado ahora de lo que se había sentido anteriormente. La abrazó fuertemente y susurró una mezcla de palabras árabes e inglesas. Pero cada una de ellas parecían ser palabras de halago y orgullo.

Ella por fin dejó de llorar, y él la llevó al cuarto de baño, donde la duchó. Catherine quiso devolverle el favor. Y él gruñó de placer ante la perspectiva.

Y ella descubrió que una mano enjabonada y mucha curiosidad podía dar mucha satisfacción a un hombre.

Catherine se sorprendió de su atrevimiento.

Cuando terminaron, él la secó con esmero.

—Puedo hacerlo yo, si quieres —le dijo ella.

—Pero me da más placer hacerlo que mirar —respondió él.

—¿Me vas a dejar secarte? —preguntó ella con picardía.

Él se rió.

—¡Qué atrevida estás después de lo de la ducha, no?

—Es agradable saber que no eres tú sólo el que da el placer.

Hakim se puso de pie y puso sus manos en los hombros de ella.

—Me da mucha felicidad darte placer.

Tendría que acostumbrarse a esos cumplidos, pensó Catherine. Al parecer, la pasión le hacía decir esas cosas tan halagadoras.

–Gracias.

Volvieron al dormitorio, y él la volvió loca de placer tres veces más en que volvieron a hacer el amor, hasta que se durmieron abrazados.

Capítulo 7

CATHERINE estaba mirando a través de la ventanilla de la limusina que los llevaba del aeropuerto al Palacio Real de Jawhar. El cristal ahumado del vehículo apagaba parte del brillo de la arena del desierto y de los caminos que parecían extenderse interminablemente.

Era una suerte que el coche tuviera aire acondicionado, puesto que hacía mucho calor.

Catherine se arregló por décima vez el pañuelo que llevaba alrededor de la cabeza. Se alegraba de que las mujeres en Jawhar no llevasen velo. Hakim le había dicho que ni siquiera era obligación que llevase la cabeza cubierta, pero ella había preferido mostrar respeto por su tío poniendose un pañuelo.

Finalmente el palacio apareció ante su vista.

Hakim le había dicho que había vivido allí desde los diez años, pero ella no había preguntado por qué, puesto que estaba muy nerviosa con la perspectiva de conocer a su familia política.

¿Y si no les gustaba? ¿Cómo era posible que una mujer americana hubiera sido la elegida por el jeque Hakim bin Omar al Kadar? Porque allí él era un jeque, no sólo un hombre de negocios terriblemente rico.

Y realmente lo era, pensó Catherine mirándolo.

Hakim, con la ropa árabe intimidaba. Iba vestido como el jeque de sus fantasías. Llevaba unos pantalones amplios, una túnica blanca encima de ellos, y una casaca negra con bordados de oro. Catherine había visto un turbante en la maleta y se preguntaba si lo usaría en presencia de su abuelo beduino.

Catherine miró hacia el palacio. Su corazón empezó a latir aceleradamente. Iba a conocer a un rey en menos de cinco minutos.

Se alisó la túnica que llevaba. Era larga hasta los pies y tenía bordados de rosas. Encima llevaba una especie de casaca. Ésta tenía una abertura a ambos lados para que pudiera caminar cómodamente.

—Si no dejas de tocarte la ropa, va a estar hecha un desastre cuando vayamos al palacio de mi tío.

—Es la primera vez que voy a ver a un rey en persona.

—Ahora estás casada con un jeque.

—¿Te has dado cuenta de que desde que hemos llegado a tu país estás más arrogante?

—¿Sí? —sonrió él.

—Hasta tu voz ha cambiado. Siempre has tenido cierta aura de autoridad, pero desde que te has bajado del avión emanas poder.

—Se me considera uno de los gobernantes de mi país. Soy el único jeque de Kadar que queda.

—Me sorprende que tu tío te anime a vivir en los Estados Unidos, si es así.

—Hay obligaciones que sólo puede cumplir un miembro de la familia.

Ésas fueron las últimas palabras que dijo antes de que la limusina se detuviera.

El esplendor y el lujo del palacio la impresionaron a pesar de que ella no hacía más que fijar los ojos en la gran puerta de madera que formaba la entrada a la mansión.

Antes de que llegaran a ella, un sirviente salió a recibirlos.

El salón de recepciones era aún más impresionante que la puerta de entrada. Había mosaicos y alfombras rojas, y muebles majestuosos. De pronto se detuvieron junto a un hombre sentado en una silla que estaba a cierta altura, y que muy bien podía ser un trono.

—Trae a tu esposa hasta aquí —dijo el hombre.

Hakim tomó la mano de Catherine y la condujo hasta su tío, el Rey.

Las siguientes dos horas fueron de presentaciones y conversaciones con el rey Asad bin Malik al Jawhar y luego con los parientes por parte de su padre.

Aquello era peor que la boda. No conocía a esa gente, no hablaba su idioma y todos tenían su atención concentrada en ella.

Había sido tímida toda su vida y su primer instinto había sido escapar de allí, pero no podía hacerle eso a Hakim. Así que hizo un esfuerzo y sonrió y habló con los extraños.

El rey Asad vino a abrazar a Hakim y le dijo:

—Al parecer has logrado combinar el deber con el placer, ¿no es verdad?

—Sí, tío, estoy satisfecho.

Como ambos hombres la estaban mirando a ella, se ruborizó.

—Es encantadora.

El Rey hablaba como si ella no estuviera allí. Catherine sonrió. Era un árabe más tradicional que Hakim, pues este último había ido al colegio en Francia y luego en Estados Unidos.

—Esa piel clara y ese sonrojo denotan su inocencia, creo —dijo.

—¿Lo dudas?

De pronto ella se dio cuenta de que estaban hablando de su virginidad. Recordó la conversación que habían tenido anteriormente en relación a que para su familia era importante.

—No, no lo dudo. Nos lo aseguraron.

«¿Nos lo aseguraron?» No iba a preguntárselo delante de su tío, pero averiguaría si Hakim le había contado que ella era virgen.

—Hakim... —dijo con voz entrecortada.

—¿Sí? —dijo Hakim con expresión seria.

—Si tu tío y tú estáis hablando de lo que yo creo, me parece que la conversación va a ponerse un poco desagradable.

Al parecer, la amenaza sirvió, porque pronto Hakim los excusó diciendo que estaban muy cansados del viaje.

—Pasa por la oficina de Abdul-Malik cuando vayas a tu apartamento. Tiene el informe geológico que hace falta antes de que el señor Benning pueda empezar la excavación.

Catherine se detuvo al oír el nombre de su padre.

—¿La compañía de mi padre va a venir a Jawhar?

—Sí.

—¿Por qué no me lo has dicho?

—No es importante para nosotros, a no ser que quieras visitarlo cuando esté aquí.

—Sí, las mujeres no deben preocuparse de los negocios —dijo su tío.

Catherine no hizo caso de ese comentario. Había hombres de la generación de su padre que hubieran estado de acuerdo con el Rey, por no hablar de la ignorancia completa de su madre por los negocios de su padre.

No obstante, pensaba hablar con Hakim cuando estuvieran solos.

Pero el ardor entre ellos impidió cualquier conversación.

Varias horas más tarde Catherine estaba vestida para la cena de la celebración oficial de su boda, esperando que Hakim terminase una llamada telefónica por asuntos de negocios. De pronto vio el informe del geólogo encima de una mesa.

No se sorprendía de que su padre hubiera aprovechado rápidamente la ventaja de ser el suegro de alguien importante en Jawhar.

Lo recogió y se preguntó qué tipo de trabajo de extracción haría su padre. Miró por encima la primera página. Pero no entendió nada. Nunca había sido su fuerte la Geología. Ella había dirigido sus intereses hacia la enseñanza y la lectura y era normal que no comprendiese nada. Pero le llamó la atención la fecha de la petición inicial de informes. Al principio se preguntó si habría sido un error, pero había otras fechas que coincidían con aquella inicial. El problema era que se trataba de una fecha anterior al día en que había conocido a Hakim en la Biblioteca de Whitehaven. Su mente no podía comprender lo que veían sus ojos.

Hakim había conocido a su padre antes de conocerla a ella

Catherine agitó la cabeza. No. El informe era para Jawhar. Su tío seguramente había tenido negocios con su padre, pero eso no quería decir que Hakim los hubiera conocido.

¡Pero era una gran coincidencia! ¿Por qué no le habían dicho nada su padre o Hakim? Obviamente, ahora Hakim ya estaba enterado. ¿Cuándo lo había descubierto?

Estaba pensando en todo esto cuando alzó los ojos y se encontró a Hakim mirándola fijamente. Su rostro estaba inexpresivo y por alguna razón eso la preocupó.

Catherine dejó el informe sobre la mesa en el mismo sitio donde lo había encontrado.

–Tiene una fecha anterior a cuando nos conocimos.

–Ese informe es confidencial –dijo él seriamente.

–¿Hasta para tu esposa?

–Espero que los negocios no sean un asunto tuyo.

–Pareces tu tío.

Hakim movió la cabeza como aceptando sus palabras.

–No creo que las mujeres sean tan tontas como para no entender de negocios, y supongo que no esperarás que finja ignorancia para satisfacer tu ego masculino.

Hakim achicó los ojos, pero ella ignoró su reacción.

–¿Por qué no me has dicho que conocías a mi padre? –lo acusó.

Aunque en realidad esperaba que él lo negase. Que dijera que el negocio había sido iniciado por su tío y su padre.

–Harold pensó que sería mejor.

Catherine sintió una mezcla de emociones.

–¿Acaso pensó que yo te rechazaría por ser socio suyo?

–Creo que eso lo preocupaba. Es lo que has hecho siempre.

–Pero tú tenías que saber que lo que yo sentía por ti era auténtico, que no dejaría nuestra relación sólo porque mi padre y tú os conocierais.

–No quería asumir ese riesgo.

¿Porque él se estaba enamorando y no quería arriesgarse a perderla?, se preguntó ella. Pero un hombre con la arrogancia de Hakim no podría dar semejante explicación. Por más que ella lo deseara desesperadamente.

Se quedó mirándolo. Y por fin dijo:

—Mi padre arregló nuestro encuentro.

Un brillo fugaz pasó por sus ojos y ella tuvo la impresión de que Hakim le iba a mentir.

—Si no vas a decirme la verdad, mejor no digas nada.

—No toda verdad es deseable.

—No me importa. No quiero que me mienta mi marido.

—Tu padre arregló nuestro encuentro, sí —le confesó él por fin.

Tenía razón Hakim. Ciertas verdades eran insoportables.

Como lo era el hecho de que su tío y Hakim hubieran hablado de su virginidad.

Catherine recordó la escena entre ellos en la sala de recepciones.

Entonces comprendió.

—¡Tú le preguntaste a mi padre si yo era virgen antes de casarte conmigo! —exclamó, alzando la voz. Ella, que nunca gritaba.

—Él me lo dijo sin que yo se lo preguntase.

—¿Y crees que eso me hace sentir mejor?

¿Por qué diablos le había tenido que decir su padre que jamás había tenido novio?

—¡Como si tú no lo hubieras podido adivinar sin su ayuda! —exclamó ella irónicamente.

Su falta de experiencia con los hombres era evidente.

—Yo no te conocía entonces.

Hakim cerró los ojos. Luego los abrió y dijo:

—Es mejor que no sigas indagando en esto. Sólo te

disgustará más y no servirá para nada. Estamos casados. Y eso es lo que importa ahora.

«De ninguna manera», pensó ella.

—A mí sí me importa el que pueda confiar en mi marido.

—No tienes motivo para no confiar en mí.

—Si me mientes, lo tengo.

—Hay un proverbio entre mi gente: «Mentir en el momento adecuado es igual a la adoración».

Ella recibió las palabras como si fueran un golpe.

—Pues mi pueblo tiene otro proverbio: «Una lengua que miente esconde un corazón mentiroso».

—Tu padre y mi tío hablaron sobre tu inocencia antes de que tú y yo nos conociéramos. ¿Estás contenta ahora?

—Sabes que no –dijo ya sin gritar. Y con los ojos húmedos de lágrimas que pujaban por salir agregó–: Este encuentro no ha sido más que una cita arreglada por mi padre por pena.

Y encima un encuentro arreglado entre el tío de Hakim y su padre, ni siquiera por Hakim y su padre.

—¿Por qué no me lo dijiste?

Hakim la sujetó por los hombros.

—Eres mi esposa. ¿Te parece tan importante la razón por la que nos conocimos?

—¡Mi padre ha arreglado este matrimonio! ¡Incluso te dijo que era virgen! ¿No crees que importa?

—¿Quieres decir que no te hubiera importado entregar tu inocencia a otro?

¿Cómo se atrevía a mostrarse enfadado?, pensó ella, indignada.

—¡Deja de desviar el tema hacia otro lado! Tú me mentiste. Y mi padre también. Me siento manipulada, y eso me duele, Hakim. Me duele más de lo que te imaginas.

–Sólo ha sido una mentira por omisión –Hakim tomó el rostro de Catherine con una mano–. ¿Es tan terrible? Si te hubiera dicho la verdad, me habrías rechazado como lo hiciste con todos los demás. No estaríamos casados ahora. ¿Es eso lo que quieres?

Catherine quitó la cara y dijo, ofendida.

–Te amo. No te habría rechazado al saber la verdad.

–¿Y no me estás rechazando ahora?

–No te estoy rechazando –exclamó Catherine–. Lo que no tolero es la mentira. Que me engañe el hombre que amo. ¿Te hubiera gustado enterarte de que he planeado algo a tus espaldas? ¿Que te tomasen por tonto?

–¿Eso crees? ¿Crees que ha sido un disparate casarte conmigo?

Se miraron a los ojos.

–Sí, si eso significa unir mi vida a un hombre en quien no puedo confiar.

–Estás sacando las cosas de quicio.

–¿Sí?

–Sí.

Catherine agitó la cabeza.

No pudo más y dejó escapar las lágrimas que se habían formado en sus ojos.

Hakim la atrajo hacia él y la abrazó cuando ella empezó a llorar. Pero no intentó consolarla. Sólo la abrazó, dejando que se desahogase. Como si hubiera comprendido que lo necesitaba.

Le dio un pañuelo, y ella se apartó levemente para aceptarlo.

Hakim la miró a los ojos y le dijo:

–No tiene importancia cómo nos conocimos. Debes creerme. Somos marido y mujer. Tu padre no tiene por qué influir en nuestro futuro juntos. Haremos de nuestro matrimonio lo que queramos hacer de él.

El llanto le había hecho bien, y por fin Catherine pudo escuchar sus palabras y reflexionar sobre ellas.

Se había negado a que su padre le buscase marido desde que se había hecho mayor, pero, ¿realmente lamentaba haber conocido a Hakim sólo por saber que su padre lo había arreglado?

Al fin y al cabo, se había casado con el hombre que amaba. Nadie la había presionado.

A diferencia de otros hombres con los que Harold Benning había querido casarla, Hakim no necesitaba nada de su padre.

Daba igual cómo se habían conocido. Él se había casado con ella por ella misma y la amaba. Pero un hombre que la amase no le habría mentido, ¿no?

—No he querido hacerte daño.

—Pero lo has hecho.

—Veo que he cometido un error –dijo Hakim.

No debía de ser fácil para un hombre como él admitir algo así.

—No confiaste en mi amor.

—No lo vi de ese modo.

Si no lo había visto de ese modo...

—¿Por qué me mentiste?

—Por deseo de tu padre.

Catherine estaba indignada. ¡Cómo se atrevía su padre a obligarle a mentir!

No podía confiar en que Hakim no le volvería a mentir.

—Debiste dar prioridad a mis deseos sobre los de él. Soy tu esposa y tú me has prometido amarme y protegerme. Mi padre no tiene cabida en nuestra relación.

—Eso es lo que he estado intentando decirte.

—Entonces, prométeme que de ahora en adelante me tendrás en cuenta a mí antes que a nadie.

Catherine sabía que un hombre en el puesto de Hakim no podía ponerla delante de todo.

—Lo haré.

—¿Me lo prometes?

Hakim enjugó una lágrima con la punta del dedo y contestó:

—Lo prometo.

—Me has dicho que tú siempre cumples tus promesas...

—Es verdad.

—Entonces, prométeme algo más.

—¿Qué? —la miró, sorprendido.

—Que no volverás a mentirme.

Él pareció dudoso.

—No me importa que pienses que la verdad puede disgustarme. No puedo creer en ti si pienso que eres capaz de mentirme, aunque sea para proteger mis sentimientos.

—Si es así, te lo prometo también.

Catherine asintió, aliviada de que él hubiera accedido tan fácilmente.

—Tengo que maquillarme —dijo entonces Catherine.

Hakim tiró de ella y le dio un beso suave en los labios. Daba la impresión de que era una disculpa, y ella lo tomó así.

Hakim la soltó y dijo:

—Date prisa. Si no, la cena habrá comenzado sin la invitada de honor.

Capítulo 8

MÁS TARDE, mientras estaba sentada entre su marido y la mujer de uno de sus primos, Catherine sintió que la cena duraría eternamente. No era que la compañía no fuese entretenida. Puesto que lo era. La mujer del primo de Hakim, Lila, era muy dulce y todos habían sido muy amables con Catherine, pero su esposo la estaba volviendo loca.

Parecía que se le había metido en la cabeza que ella volviera a confiar en él. En su matrimonio.

Puesto que en su cultura no estaba bien visto ver que una pareja se acariciara en público, todos sus contactos eran en secreto. A veces, por ejemplo, por debajo de la mesa, acariciando su muslo por encima de la tela de su vestido, o con el pie rozando sus medias.

Le había pedido que se vistiera con ropa occidental para la cena. Y se había alegrado de seguir su consejo al ver a las otras mujeres vestidas del mismo modo, aunque los hombres iban ataviados con ropa tradicional árabe.

Cuando sintió la punta del pie de Hakim acariciar su pantorrilla por debajo de su falda larga, deseó llevar algo más que un par de medias finas.

Pero no podían abandonar la cena antes de que su tío los excusase.

Catherine se giró para decirle que dejara de tocarla:

–Hakim...

–¿Sí, querida?

El pie no dejó de moverse.

Ella hizo un gesto de asombro y él sonrió.

Catherine estaba un poco afectada por la discusión que habían tenido, pero él le había prometido no volver a mentirle.

–Si no paras, te tocaré yo también con mi pie.

Hakim se rió.

Y ella no pudo evitar sonreírle. Suspiró y se dirigió a la otra acompañante que tenía al lado. Lila.

–El jeque Hakim y tú hacéis buena pareja –comentó la mujer.

–Gracias.

–Es agradable ver que él encuentra placer en una obligación que debe de haberle costado aceptar.

–Sí.

Cuanto más tiempo pasaba en Jawhar, más se daba cuenta de los muchos sacrificios que Hakim había tenido que hacer en bien de los negocios de la familia y de sus intereses, sacrificios que le habrían llevado a renunciar más de una vez a su felicidad personal.

–En mi opinión, no era necesario. No creo que los disidentes pudieran forzar a la familia a abandonar el país. Y, después de todo, el casarse con una americana debe ser difícil para los miembros más tradicionales de la familia. Pero Hakim está contento –Lila se inclinó hacia adelante y susurró–. Mi marido jamás habría aprobado que yo tuviera una profesión.

Teniendo en cuenta que la mujer en cuestión era la mujer del Príncipe Coronado de Jawhar, hasta Catherine podría comprenderlo. El ser reina debía ser un trabajo a tiempo completo.

Catherine no sabía qué tenía que ver su matrimonio con la política.

–¿Realmente el rey Asad piensa que puede triunfar un golpe de estado? –preguntó Catherine.

–No lo creo. Creo que quiere que el jeque Hakim esté preparado por si es así, pero no creo que sea necesario. Los disidentes tienen menos apoyo que hace veinte años y entonces no prosperó el golpe.

–Es una pena que el Rey no pueda confiar en nadie más que en la familia para que cuide sus intereses en el extranjero. Hakim estaría más feliz viviendo en Jawhar.

Catherine estaba segura de ello.

–Tal vez se podría convencer a mi suegro de poner a un administrador de confianza para que se ocupase de los asuntos de la familia en el extranjero. Pero tendría que ser alguien de la familia quien se ocupase de las obligaciones de Hakim.

Catherine no comprendía. ¿Sería un problema del idioma? ¿O Lila quería decir que Hakim tenía aún más obligaciones en los Estados Unidos?

–Después de todo, sólo un miembro de la familia podría garantizar visados permanentes para vivir en los Estados Unidos. Creo que el gobierno de tu país incluso exige que haya una relación. Tú lo sabrás mejor que yo.

Catherine estaba confusa. El descubrir la fecha del informe del geólogo no había sido nada comparado con lo que sentía en aquel momento.

–No comprendo –dijo.

Lila sonrió.

–A mí también me pareció muy complicado cuando mi marido me lo contó. Me gusta que me cuente sus cosas. En algunos sentidos es muy tradicional, pero no menosprecia mi intelecto.

–¿Puedes explicármelo? –insistió Catherine.

–¿Por qué no se lo preguntas a Hakim? Aunque a mí tampoco me gusta reconocer delante de mi marido que no he comprendido algo que me ha explicado. Supongo que es por orgullo –suspiró; luego sonrió–: Es muy sencillo, realmente. Al casarse Hakim contigo, los miembros de su familia pueden obtener visados permanentes para residir en los Estados Unidos, siempre que él se haga responsable económicamente. Lo que no es problema, por supuesto.

–¿Visados permanentes? –Catherine tosió.

Lila asintió y siguió.

–También está la sociedad en la empresa de excavaciones, por supuesto. El rey Asad quiere participar de los beneficios de los descubrimientos geológicos. Él está convencido de que la empresa de tu padre es crucial para ello.

–¿Una sociedad para las excavaciones? –preguntó Catherine.

Lila no reparó en la pregunta y agregó:

–Mi marido creyó que el rey Asad veía muy lejana la alianza del matrimonio, hasta que se dio cuenta de que, como siempre, su padre tenía otros beneficios en mente.

–Visados permanentes... –dijo en voz alta Catherine.

Lila asintió.

–El rey Asad es un agudo negociante.

Catherine se había quedado pensando en que su matrimonio había sido parte de un trato comercial.

–¿Quieres decir que el deber de Hakim era casarse conmigo? –susurró Catherine, horrorizada.

–Bueno, sí, por decirlo de alguna manera.

–¿El beneficio añadido de un matrimonio conmigo para Hakim eran los visados permanentes para la familia por si había problemas con los disidentes? –preguntó Catherine, viéndolo todo repentinamente claro.

Aquella vez Lila no contestó, como si se hubiera dado cuenta de que lo que estaba diciendo era una novedad para Catherine.

Catherine no podía creer que su matrimonio hubiera sido parte de un acuerdo con Excavaciones Benning. Y que el hombre que pensaba que la amaba le hubiera mentido y engañado. No había habido amor.

Lila parecía preocupada.

Catherine se sintió indispuesta. No era una esposa amada. Deseada y querida. Sólo una pieza necesaria para un negocio.

Se sintió humillada.

–¿Lo sabe toda la familia? –preguntó, queriendo la confirmación de lo peor.

Lila agitó la cabeza vehementemente.

–Nadie fuera del círculo del rey Asad, Abdul-Malik, mi esposo, Hakim y tú conocéis el plan.

Eso no era consuelo para ella. La habían traicionado. Su padre le había mentido. Su marido le había mentido. La habían utilizado como medio para un fin por un rey que acababa de conocer.

Lo odiaba. Y se odiaba a sí misma. Había sido una tonta. Veinticuatro años no le habían servido de nada para darse cuenta de que la estaban usando. Hakim no la amaba. Ni siquiera le importaba ella. Si no, no la habría utilizado. ¿Y su padre? No parecía que fuera muy diferente.

Sintió un mareo.

¿Lo sabría su madre? ¿Y Felicity? No. Felicity se lo habría dicho.

–¿Estás bien? Estás muy pálida –oyó la voz de Lila, en medio del mareo.

Lila rodeó a Catherine y exclamó:

–Jeque Hakim. Creo que su esposa no se encuentra bien.

–¿Qué sucede? –preguntó Hakim

–No tienes corazón –dijo Catherine, llena de dolor–. Te odio.

Hakim se echó atrás como si le hubiera golpeado. Catherine estaba destrozada. Lo único que deseaba era escapar. Se quiso poner de pie pero Hakim no la dejó.

–¿Qué sucede?

–Déjame que me vaya.

–No. Explícame qué te ha puesto tan mal.

–Me mentiste.

–Ya hemos hablado de ello. Y lo has comprendido.

–Yo soy una obligación para ti. Tú tenías la obligación de casarte conmigo –exclamó ella–. ¡He sido parte de un acuerdo con mi padre!

Hakim miró a Lila.

–¿Qué le has dicho?

–Me ha contado la verdad, algo que mi marido y mi padre no han querido hacer –respondió Catherine por Lila.

Oyó al rey Asad preguntar qué pasaba, pero todos los sonidos parecían apagarse, incluida la disculpa de Lila.

Muchas veces se había sentido rechazada, pero nada había sido como aquello. Había sido considerada un objeto de cambio por su padre, y un medio para conseguir algo por su marido. El saber que no había sido amor lo suyo era demasiado. Demasiado dolor. Demasiada traición.

Intentó ponerse de pie otra vez, olvidándose de que Hakim la tenía sujeta firmemente. Miró su mano: no quería que la tocase, pero no le salía la voz. Entonces, miró a su alrededor.

Nadie parecía haber reparado en lo que estaba sucediendo en la mesa principal. Hakim ya no estaba hablando con el rey Asad. Le estaba hablando a ella, pero no podía registrar su voz por el zumbido que oía en sus oídos.

—Quiero ir a la habitación. Por favor, dile a tu tío que no me siento bien y que debo marcharme.

Pensó que discutiría con ella. Pero no lo hizo.

—Nos dará su bendición oficial, y luego podremos marcharnos.

Ella no respondió.

Simplemente se sentó, esperando que Hakim le soltara el brazo, mientras el Rey pronunciaba su bendición oficial.

Después despidió a los recién casados hacia sus apartamentos, diciendo que tenían cosas mejores que hacer. Los asistentes se rieron. Pero Catherine había perdido todo su sentido del humor.

Hakim la ayudó a ponerse de pie. Y de pronto, la alzó en brazos, diciendo que era una tradición en el mundo occidental llevar a la novia en brazos hasta el lecho de bodas.

Se suponía que eso debía ocurrir en su casa de recién casados, pero ella no lo corrigió. Sabía que a nadie le importaría.

Estaban todos muy contentos contemplando el supuesto romanticismo del mentiroso de su esposo.

Durante el trayecto a la habitación ella no dijo nada.

Cuando entró en sus departamentos, la dejó en un sofá tapizado en dorado y se sentó a su lado.

—No quiero que te acerques a mí —dijo ella.

Hakim se quitó el turbante y lo tiró encima del escritorio. Cayó sobre el famoso informe de excavaciones.

—¿Qué ha cambiado, Catherine? Yo no he cambiado. Nuestro matrimonio no ha cambiado. Ya hemos hablado de esto antes de la cena. El modo en que nos conocimos no tiene nada que ver con nuestro futuro. Es un asunto del pasado.

Ella lo miró.

—No tienes por qué estar tan disgustada.

—Me he dado cuenta de que he sido manipulada por gente en la que confiaba, por mi padre y mi marido. ¿Y crees que no debo estar disgustada?

Hakim había crecido en Jawhar no en otro planeta. No podía ser tan inconsciente.

—No te manipulé.

—¿Cómo puedes decir eso?

—No te obligué a que te casaras conmigo

—Me engañaste.

—¿Cómo?

—¿Me estás tomando el pelo? Me hiciste creer que te casabas conmigo porque querías hacerlo. Cuando en realidad lo has hecho porque era tu obligación según el plan de tu tío y mi padre. Creí que me amabas...

—Yo nunca te he dicho que te amaba.

—No. Es verdad. Pero sabías que yo creía que te casabas por mí.

—Yo he querido casarme contigo, Catherine.

—Porque cumples con tu deber con tu tío y porque mi padre lo ha convertido en parte de un acuerdo con su empresa con un rey oportunista.

Hakim se pasó la mano por el pelo.

—También satisfacía mi deseo, pequeña gatita.

—¡No me llames así! No significa nada para ti. Todas esas palabras que usas. Son sólo palabras para ti. Yo pensé que eran más que eso.

Hakim se acercó a ella y se puso de rodillas.

—Para. Deja ya esto. Te estás haciendo daño, imaginando lo peor, y no es verdad. Me ha complacido hacerte mi esposa. A ti te ha complacido casarte conmigo. ¿Por qué no te acuerdas de eso y te olvidas del resto?

Hubiera querido hacerlo, pero no podía.

Hakim tiró de ella.

—El motivo por el que te he pedido que te casaras conmigo no importa —dijo Hakim, abrazándola—. Lo único que importa ahora es que estamos casados. Podemos ser muy felices juntos. Seremos felices dependiendo de lo que queramos darle a nuestro matrimonio. Créeme, corazón mío.

Ella lo escuchó.

—No puedo confiar en ti.

Y no era su corazón, pensó. No la amaba.

Catherine sintió rabia y se separó de él.

—¡Aléjate de mí!

—Soy tu marido. No me hables de ese modo —le dijo, serio.

Su arrogancia no le atraía en absoluto en aquel momento, pensó ella.

—Soy tu esposa hasta que vuelva a casa y presente el divorcio.

Lo que acabaría con los planes de su padre y de su tío. No habían calculado eso. Pensaban que podía seguir casada con alguien que la hubiera manipulado. Al fin y al cabo, tendría que conformarse con eso o nada.

Pero se equivocaban. No sería el tipo de mujer que conquistaba hombres, pero no pensaba seguir casada con uno que no la amaba y la utilizaba.

—No hablarás en serio... No lo permitiré.

—No sé cómo son la cosas en Jawhar, pero en Estados Unidos puedo presentar un divorcio sin aprobación del jeque, mi marido.

—Estás cansada. No puedes pensar con claridad —dijo él.

—Te equivocas. Sé perfectamente lo que estoy diciendo.

Hakim agitó la cabeza, como negando sus palabras.

—Necesitas descansar. Ahora no hablaremos más.

Ella se cruzó de brazos. Era posible que en Jawhar las cosas fueran así, pero él había ido al colegio en Francia y en Estados Unidos, cunas del feminismo. Y aunque ella no se había considerado nunca feminista, no pensaba dejar que su esposo la tratase como a una niña.

—¿Ah, sí? ¿Tú dices que no volveremos a hablar de ello y yo tengo que obedecer e irme a la cama?

Hakim se pasó la mano por la cara.

—No es lo que he querido decir, Catherine. Si te digo la verdad, yo estoy cansado también. Te agradecería dejar esto para mañana.

Era posible que fuese verdad. Pero le asaltó una duda.

¿Querría cambiar de escenario y convencerla en la cama, donde había demostrado su maestría?

—Tienes razón, estoy cansada. Quiero irme a la cama.

Hakim pareció aliviado.

—Pero no dormiré contigo —afirmó Catherine.

—Eres mi esposa.

Ahora mismo no se sentía una esposa.

—Yo soy sólo un medio para un fin.

Hakim se puso tenso.

—Eres mi esposa —dijo entre dientes, enfadado—. Cientos de invitados han sido testigo de ello. Tengo documentos legales en los que se afirma que ya no eres la señorita Catherine Benning, sino Catherine bin Hakim al Kadar. No vuelvas a decir que no eres mi esposa o a intentar olvidarte de mi nombre.

Estaba furioso. Se alegraba. Así no sería ella sola la disgustada.

—Los documentos no forman un matrimonio. Son sólo papeles. No prueban nada.

Ni ella se lo creyó. Estar casada sí significaba algo. Pero evidentemente, no lo mismo para él que para ella.

—La consumación del matrimonio es un hecho.

—¿Quieres decir que me has hecho el amor sólo para que me considerase casada contigo? —lo increpó.

Aquello pareció sorprenderlo. Porque la miró con incredulidad y le dijo:

—¿Te atreves a preguntarme semejante cosa?

—¿Por qué no? Te casaste conmigo por razones que yo no conocía. En lo que a mí me concierne, tus motivos son todos sospechosos —Catherine lo miró, fascinada, al ver que él tenía que hacer un gran esfuerzo para controlarse.

Hakim se dio la vuelta y se alejó.

—Bien. Yo dormiré en el sofá, aquí.

Catherine pensó que él era demasiado alto para el sofá.

—Puedes acostarte en la cama. Yo dormiré aquí.

Al fin y al cabo, ella tampoco dormiría bien.

—O compartimos la cama o yo duermo aquí.

No se había dado la vuelta para mirarla, pero por el tono de su voz, parecía decidido.

—Bien.

Si quería sufrir, que sufriese, pensó ella.

–Dormiré sola en la cama –respondió Catherine.

Él asintió. Ella se levantó y se fue al dormitorio. Antes de entrar miró a Hakim. Parecía tan sólo como ella, allí, al lado de la ventana. Pero él era el responsable del curso que habían tomado las cosas. Al parecer, para él ella no era merecedora de la verdad, ni de amor.

Capítulo 9

CATHERINE se despertó con el aroma del café.
—Buenos días. Te he traído el desayuno.

La voz de Hakim fue como una agradable bienvenida en la inconsciencia del sueño. Hasta que a su mente volvieron los recuerdos del día anterior.

Hakim le tomó la cabeza y le preguntó:

—¿Te encuentras bien, pequeña gatita?

Catherine lo miró. Estaba sentado a su lado en la cama, vestido con una bata; evidentemente se acababa de despertar. Tenía el pelo revuelto, incipiente barba, y profundas ojeras de una noche en vela. Ella sabía que el sofá era muy pequeño para él. Sin embargo, estaba igualmente atractivo.

Y ella prefería no verlo atractivo.

Había tomado algunas decisiones en las horas de insomnio, y no quería verse afectada por aquella masculinidad arrolladora.

Se sentó en la cama y se tapó con las mantas. No quería que Hakim tomase ningún gesto suyo como una invitación.

Él alzó las cejas al ver su actitud, pero no dijo nada y depositó la bandeja del desayuno en el regazo de ella.

Había dos cruasanes en un plato, dos tazas de café y un cuenco con higos.

Catherine tomó la taza de café y dijo:

–Gracias.

–Es un placer.

–Quiero volver a Seattle –le dijo ella.

Quería transmitirle cuanto antes su decisión.

Hakim esperó a terminar de masticar un trozo de cruasán para contestar.

–Volveremos, como estaba planeado. Mis negocios están allí. Tu trabajo también.

–Quiero decir hoy –ella dejó la taza en el plato.

–Eso no es posible.

–¿Se ha roto tu jet?

Él ignoró el sarcasmo en el tono de Catherine y contestó como si la pregunta no hubiera sido retórica.

–No.

–Entonces, no veo el problema.

–¿No lo ves? –el tono de voz amenazante dejaba claro que aquel hombre había sido entrenado desde niño para ejercer autoridad.

–No –dijo ella.

–¿Te has olvidado de la ceremonia de boda con la gente de mi abuelo?

–Sería ridículo pasar por otra ceremonia de boda si tengo idea de divorciarme, ¿no crees?

Hakim se puso tenso, como si se preparase para la batalla.

–No habrá divorcio –declaró el jeque.

–No sé cómo vas a hacer para impedirlo.

Hakim la miró con gesto amenazante, como si quisiera decirle que no tenía imaginación suficiente.

–Lo digo en serio, Hakim. No voy a seguir casada con un hombre para el que sólo soy un medio para conseguir algo.

–No eres un medio. Eres mi esposa.

–Eso dices. Pero es curioso. Yo no me siento como una esposa.

–Eso lo puedo solucionar yo.

Ella agitó la cabeza, sabiendo a qué se refería él.

–No volveré allí.

–¿Adónde? –preguntó él con voz sensual.

–A la cama.

–Si somos muy compatibles en la cama –Hakim le acarició el pecho.

Ella se estremeció a su pesar. Su cuerpo desobedecía las órdenes de su corazón marchito.

–Eso es sexo, y estoy segura de que habrás sido compatible con otras mujeres también.

–Con ninguna como contigo.

A ella le hubiera gustado creerlo. Pero después de haber descubierto tantas mentiras, no podía hacerlo.

–Díselo a otra...

Él se rió.

–No quiero hacer el amor con nadie más que contigo.

–Si no me amas, no es hacer el amor.

–Entonces, ¿qué es? –sonrió él.

–Sexo, o si lo prefieres... –dijo una palabra más grosera y se sirvió un cruasán.

–No te queda bien la ordinariez.

Catherine terminó de comer antes de contestarle.

–No me importa lo que te parezca a ti.

–Es suficiente –dijo él, levantándose, molesto.

–No puedes decirme lo que tengo que decir y lo que no, como si fuera una niña.

–Te estás comportando como una niña.

–¿En qué?

–Tú estás feliz de estar casada conmigo. Me amas,

pero amenazas con romper nuestro matrimonio con un pretexto absurdo.

—No me parece que la traición sea un pretexto absurdo.

—¡Yo no te he traicionado! —gritó él.

Era la primera vez que lo oía gritar.

Y no le gustaba.

—Cuando nos casamos, estabas tan contenta que brillabas... —Hakim volvió a controlarse.

Ella iba a decir algo, pero él la interrumpió.

—No lo niegues.

—No iba a hacerlo.

—Bien, por lo menos reconoces algo.

—Ahora no estoy contenta.

—Eso es algo que puede cambiar.

—No cambiará jamás.

Ella había estado contenta porque pensaba que el hombre al que amaba, también la amaba a ella.

—Eso no lo creo —respondió Hakim.

—Te parecerá extraño a ti, pero el sentirme usada por mi padre y mi esposo no me hace feliz. Y puesto que eso no puede cambiar, es imposible que cambien mis sentimientos.

—No se trata de que te hayan usado. Sé que aborreces que tu padre se meta en tu vida. Pero para un padre es importante encontrar un marido adecuado para su hija. Y para nosotros es un placer estar juntos. Por lo tanto, lo único que nos hace falta es que lo aceptes.

—El sexo sin amor es degradante. Y la preocupación de un padre por el bienestar de su hija no hace que la venda a cambio de una sociedad mercantil.

—Él no te vendió.

Unas lágrimas se deslizaron por las mejillas de Catherine.

–Sí, me vendió. No soy más que una esposa por obligación, a la que se ha comprado y por la que se ha pagado.

Era muy doloroso, y ella se dio la vuelta para que él no fuera testigo de la pena tan grande que sentía.

Hakim quitó la bandeja y la estrechó en sus brazos.

–No llores, por favor.

Ella no quería que él la consolase. Hakim era el enemigo. Pero no había nadie más, y el dolor era demasiado grande para soportado sola. Hakim le acarició la espalda, y pronunció palabras de consuelo.

–Eres mucho más que una esposa por obligación.

–No me amas. Te casaste conmigo porque te obligó tu tío.

Hakim la abrazó fuertemente.

Ella se hundió en su pecho. Pero la realidad estaba allí. Y ella no iba a rehuirla.

Hizo un gran esfuerzo y se recompuso antes de decir:

–Necesito levantarme.

–No hemos terminado de conversar –respondió él, contrariado.

–Tengo que prepararme para viajar.

Hakim quiso mirarla a los ojos, pero ella desvió la mirada.

–Tienes razón –dijo él finalmente–. Tenemos que prepararnos para nuestro viaje a Kadar. Iremos en helicóptero. Y por más que me pese que te recojas el cabello, tienes que hacerlo.

–No voy a ir contigo al desierto. Me voy a casa –dijo ella.

–Te equivocas. Vendrás conmigo a nuestro hogar en el desierto.

–No.

–Sí –dijo él, con autoridad de jeque árabe.

–No puedes obligarme.

–¿No?

Ella se estremeció.

–No voy a pasar por otra farsa de boda.

–No es ninguna farsa.

–Ésa es tu opinión, y tienes derecho a ella. Pero eso no cambiará la mía.

–Ya está bien. Participaremos en la ceremonia beduina mañana como estaba planeado. No permitiré que mi abuelo sea humillado delante de su pueblo. Ni permitiré que tú desprecies nuestro matrimonio.

Dicho esto, Hakim salió de la habitación.

Dos horas más tarde, Catherine estaba vestida para viajar a Seattle. Porque ella se marcharía a Seattle, al margen de lo que dijera su arrogante esposo, pensó.

Buscó su pasaporte para asegurarse de que estaba en regla y se alegró de encontrarlo. Tenía dinero, tarjeta de crédito... Todo lo que necesitaba para salir de Jawhar.

Había llamado al aeropuerto y había pedido un coche para que la recogiese.

Esperó en el balcón a que la fuera a buscar.

Desde allí le llegaban los ruidos de la ciudad, más pequeña que Seattle, pero más ruidosa. El sol calentaba su cuerpo. Un ruido en la sala la alertó de la llegada de un sirviente. Debía ir a avisarle de la llegada del coche para llevarla al aeropuerto.

El viaje al aeropuerto transcurrió sin problemas.

Como miembro de la familia real, no fue difícil encontrar un asiento en primera clase. Y en pocos minutos estaba sentada en el avión, esperando que despegase.

Se cerró la puerta del avión, y el piloto anunció su salida.

Recorrieron la pista, pero, de pronto, se detuvieron.

Los pasajeros empezaron a inquietarse por la demora. Si bien ella no comprendía lo que decían.

Pero a medida que pasaba el tiempo, ella tuvo una intuición, que se vio confirmada al ver a su esposo entrar en el avión.

Hakim le clavó la mirada oscura. No se molestó en llegar hasta ella. Simplemente ladró una orden a la azafata que rápidamente tomó el equipaje de Catherine.

Catherine no se movió. Que se llevase su equipaje, si quería. Pero ella no se movería de su asiento.

Cuando él se acercó Catherine le dijo:

—Me voy a casa.

Hakim no respondió. Simplemente le habló a la azafata en un tono autoritario. Pero Catherine no entendió lo que dijo.

La azafata se acercó a Catherine.

—Su Alteza ha prohibido que despeguemos hasta que usted no se baje del avión, señora.

Catherine se dio cuenta de su derrota. No podía retener a toda esa gente. Evidentemente Hakim tenía poder suficiente como para hacer que el avión no despegase.

Se desabrochó el cinturón y se puso de pie. Hakim se dio la vuelta y se marchó. Ella lo siguió.

Cuando bajó por la escalerilla, un hombre de seguridad la acompañó a la limusina que la estaba esperando.

Catherine se sentó en el asiento de atrás. No quiso mirar a Hakim. Estaba tan furiosa como asustada.

Sintió ganas de llorar. Pero no lo haría. Había llorado durante dos días seguidos. Estaba agotada.

Se hizo un silencio espeso en la limusina durante el viaje.

Cuando llegaron, un hombre les abrió la puerta del vehículo. Hakim salió primero para ayudarla a bajar, pero ella rechazó su mano.

—Es mejor que camines, o te llevaré yo. Pero vendrás —le dijo él.

—Vete al infierno —contestó Catherine. No solía maldecir, pero aquella situación la rebelaba.

No pensaba seguirlo.

Hakim se inclinó para sacarla del coche. Ella lo esquivó moviéndose hacia el otro lado del vehículo y abrió la puerta. Salió, pero inmediatamente unas manos la atraparon.

—¡Suéltame! —ella luchó por soltarse. Y quiso darle una patada a su captor.

—Tanquilízate, Catherine —alguien la alzó desde atrás.

—¡Suéltame ahora mismo!

—No puedo.

Ella siguió dando patadas, y por fin alguna dio en el blanco. Él se quejó de dolor, pero no la soltó.

—Por favor, *aziz*, no lo hagas más difícil.

—Me estás secuestrando. ¡No te lo voy a poner fácil!

—No puedes volver a Seattle sin mí.

—Mira cómo me voy...

—Si lo hiciera, sería como verte morir.

Ella no comprendió.

Pero inmediatamente él la alzó en brazos de manera que ella no pudo moverse. Y la llevó hasta un helicóptero que los estaba esperando. La metió en él y luego subió.

–¡No puedes hacer esto!

Hakim hizo una seña con la mano al piloto y el aparato empezó a hacer ruido de motores.

En pocos segundos estuvieron en el aire.

El potente ruido impedía cualquier conversación. Así que ella ni se molestó en hablar.

¡Era todo tan increíble! El jeque, a quien ella había considerado tan civilizado, la estaba raptando en la mejor tradición árabe. Pero no era una fantasía de sus sueños. Sino una realidad.

Estaba furiosa. De pronto recordó sus palabras: algo así como que se moriría si volvía a su casa sin él. ¿Qué había querido decir?

Catherine miró por la ventanilla del avión. Se estaban alejando de la ciudad de Jawhar en dirección a Kadar.

El helicóptero estaba sobrevolando un oasis rodeado de tiendas de campaña. Hakim se acercó a Catherine y le dijo:

–Ponte el suéter.

El aire de la noche en el desierto era frío, sobre todo en la altura del helicóptero.

A pesar de estar enfadada con Hakim, su cuerpo reaccionaba a su cercanía de una manera desastrosa. Olía su fragancia masculina, aquella que ella identificaba como la de su hombre, su compañero... Eso le hacía sentir nostalgia por su cuerpo, por él. Pero no cedería.

Se puso el suéter y se apartó de Hakim.

Cuando tuvo puesto el cardigan, Hakim la miró y le dijo casi al oído:

–¿Puedes abrochártelo?

Ella se estremeció al sentir su aliento en la oreja.

¿La estaría atormentando a propósito?

—Se lleva abierto —respondió ella a gritos.

Prefería gritar a acercarse a él.

El helicóptero empezó a descender.

—Es mejor que te lo cierres. Mi abuelo es muy tradicional.

«¿Su abuelo?», pensó ella.

—Creí que íbamos a tu palacio.

—He cambiado de idea.

—Vuelve a cambiar. No quiero conocer a más familiares tuyos.

—Es una pena, porque lo harás.

Catherine no lo reconocía. No parecía el mismo hombre que había querido complacerla en todo para darle la boda de sus sueños. Era un extraño.

—No te conozco —susurró ella.

—Soy el hombre con el que te has casado —respondió él.

—Pero no eres el hombre con el que yo creí haberme casado. El hombre que conocí en Seattle no me hubiera secuestrado contra mi voluntad para llevarme al desierto.

—Pero soy ese hombre. He tenido que tomar esta medida debido a tu comportamiento irracional.

—No es verdad.

¿Cómo se atrevía a decirle que no era racional?

—¿Estás cansada de todo esto? No ves otra perspectiva que la tuya. Hablaremos cuando te hayas calmado.

—Por lo menos, dime por qué estamos aquí en lugar de en tu palacio.

No habían planeado ir al campamento beduino hasta dos días más tarde.

La sensación de estar casada con un extraño aumentó cuando se puso el sol. Las sombras del desierto hacían más duras las facciones de su rostro.

Hakim hizo un gesto con la mano y el helicóptero volvió a ascender.

—No hay teléfonos aquí.

Catherine miró el helicóptero desaparecer.

—¿Ni otro medio de transporte? —preguntó ella, sabiendo cuál era la respuesta.

Hakim no se arriesgaría a que ella se escapase.

—No, salvo que sepas montar en camello.

Ella lo miró, irritada.

—Sabes que no sé.

—Sí, lo sé.

—Así que además de secuestrarme, quieres hacerme prisionera, ¿no?

—Si es necesario, sí.

—Yo diría que es un hecho —Catherine frunció el ceño.

—Sólo si te obstinas en verlo de ese modo.

—¿De qué otro modo puedo verlo?

—Eres mi esposa. Estás aquí para conocer a mi familia. Es algo que planeamos hace días. No hay nada siniestro en ello.

—En unos días tendrás que llevarme de regreso a Seattle.

—Sí.

De pronto se oyó un grito en árabe a sus espaldas. Hakim alzó la mano y dijo algo en esa misma lengua.

—Ven, vamos a ver a mi abuelo.

—De acuerdo —respondió ella.

Hakim le tomó la mano y la llevó hasta la tienda más grande, donde estaba la delegación que los recibiría. Las antorchas iluminaban a los reunidos. En el centro había un hombre de la misma altura que Hakim.

Las arrugas de su cara y el turbante que llevaba indicaban que era su abuelo.

El hombre dio un paso adelante para saludar.

–Bienvenida a nuestro pueblo –dijo en inglés.

Catherine se sorprendió de su extrema cortesía, por ser un hombre de mucha autoridad.

Hakim se detuvo ante él.

–Padre de mi madre, agradezco tu bienvenida –Hakim volvió al lado de ella–. Abuelo, ésta es mi esposa, Catherine.

El hombre achicó los ojos y contestó:

–Tu futura esposa, querrás decir.

Catherine miró a Hakim buscando una explicación, pero él no la estaba mirando. Sus ojos estaban puestos en su abuelo.

Intercambiaron unas palabras en su lengua. Hakim parecía enfadado.

Hakim soltó la mano de Catherine.

Una mujer hermosa salió de detrás del hombre y se colocó a su derecha. Llevaba el traje típico de la mujer beduina, un traje negro, pero con bordados en rojo; la cabeza y el cuello cubiertos por una bufanda.

Le sonrió a Catherine.

–Soy Latifah, esposa de Ahmed bin Yusef, hermana de Hakim. Tienes que venir conmigo.

Catherine volvió a mirar a Hakim para comprender.

–Mi abuelo no reconoce nuestra boda porque no la ha presenciado. Han decidido que dormirás en la tienda de mi hermana esta noche. Supongo que estarás contenta de ello –inclinó la cabeza–. Debes ir con mi hermana –extendió la mano como para tocarla, pero luego la bajó–. Mi abuelo ha resuelto que como no soy tu marido a sus ojos y a los de su pueblo, tocarte sería deshonrarte entre ellos.

Sus palabras la desconcertaron, pero al parecer tenía un aliado en el viejo jeque.

Latifah tocó el brazo de Catherine, aún sonriendo, y le dijo:

–Ven. Tenemos mucho que hacer, mucho de qué hablar.

Capítulo 10

AQUELLO de que tenían «mucho que hacer» le pareció a Catherine algo exagerado, según pasaba la tarde del día siguiente.

Una boda beduina, evidentemente, era un evento que necesitaba tantos preparativos como la boda por la que habían pasado en Seattle.

No había visto a Hakim en todo ese tiempo. Había estado confinada en la tienda de su hermana desde que habían llegado y cuando Catherine había preguntado, Latifah había sonreído y se había encogido de hombros. La respuesta, parecía ser que lo vería cuando su abuelo se lo permitiese.

Catherine se preguntaba qué pensaría Hakim. Si asumiría que ella iba a seguir la ceremonia sin más, o si seguiría oponiéndose.

Ni ella misma sabía qué quería. Habían sucedido demasiadas cosas, estaba demasiado sensible emocionalmente como para hacer otra cosa que intentar reprimir sus lágrimas. Afortunadamente, Latifah le facilitó las cosas, asumiendo que el silencio era un asentimiento y que estaba feliz, cuando no lo estaba.

Durante los preparativos, Latifah le contó que había residido en Kadar hasta los ocho años. Le había explicado también por qué Hakim se había ido a vivir con el rey Asad y ella con su abuelo. Catherine sentía escalofríos al recordar lo que Latifah le había contado.

El intento de golpe de hacía veinte años había matado a sus padres. Hakim y ella habían estado a punto de morir, pero su hermano, con diez años, se las había ingeniado para sacar a su hermana del palacio, en medio del ataque, y había ido en busca de la tribu de su abuelo en el desierto. Cuando habían llegado hasta los beduinos, ambos niños estaban deshidratados y desnutridos, pero vivos.

Catherine pensó en Hakim: un niño de diez años que había asumido la responsabilidad de salvar a su hermana pequeña. La idea la enterneció. Porque, por lo que había dicho Latifah, Hakim no sólo había perdido a sus padres, sino que más tarde lo habían separado del familiar más cercano que le quedaba.

Latifah había sido criada entre los beduinos, y Hakim en cambio había sido educado para ser el jeque de Kadar, como un hijo adoptivo del rey Asad.

Sus sentimientos de obligación hacia el Rey estaban basados en algo más que en un sentido del honor. Estaban basados en cuestiones emotivas también. ¿Cómo podía ser de otro modo, si el Rey había sido la única entidad consistente en su vida?

–¿Y los disidentes, son los mismos que amenazan a la familia real ahora? –preguntó Catherine a Latifah.

–Sí. Aunque son menos que entonces. Los hijos siguieron a los padres cuando éstos murieron. Aunque no tienen apoyo de la gente, siguen perpetrando cosas horribles. Si Hakim no hubiera estado tan bien entrenado, lo habrían matado en el intento de asesinato.

Catherine se estremeció.

–¿Intentaron matar a Hakim?

–Sí. ¿No te lo ha contado? Hombres, hombres. Ocultan esas cosas creyendo que protegen nuestros sentimientos. Las mujeres damos a luz. No me digas que no somos lo suficientemente fuertes como para saber la verdad.

Catherine estuvo de acuerdo.

—¿Cuándo sucedió esto?

—La última vez que Hakim vino a Kadar. Aquello disgustó mucho a mi abuelo, y por primera vez no se quejó de que Hakim regresara a América.

Hakim se había casado con ella no sólo por deber, pensó Catherine, sino por una verdadera necesidad de proteger a su familia del horror del pasado. Para él, aquellos visados para vivir en los Estados Unidos representaban la oportunidad de proteger a su familia. Algo que podía hacer personalmente, en lugar de pagar a alguien para que lo hiciera.

Lo comprendía.

También comprendía que el concepto de trueque en un matrimonio no era lo mismo para él que para ella.

Latifah la ayudó a coser unas monedas de oro en su manto para la cabeza. Era una muestra del valor que ella tenía para el pueblo de su abuelo.

Entre aquella gente, una permuta no era sólo aceptable, sino normal.

El acuerdo entre el rey Asad y su padre no era nada fuera de lo habitual allí.

En cierto sentido lo comprendía. Pero eso no mermaba el dolor que le provocaba el saber que él no la amaba. Se sentía traicionada por él y por su padre y por su propia malinterpretación de toda la situación. Ella se había querido convencer de que él la amaba, pero él no lo había dicho nunca.

Sólo había sido su necesidad de creerlo.

—¿Y el amor? —preguntó a Latifah.

—¿A qué te refieres? —preguntó la mujer cosiendo la última moneda a su traje.

—¿El amor no tiene lugar en los matrimonios entre tu gente?

—Por supuesto. ¿Cómo puedes dudarlo? –preguntó Latifah, sorprendida. Yo amo a mi marido.

—¿Y él te ama? –preguntó Catherine, sin poder evitarlo.

—¡Oh, sí! –sonrió la hermana de Hakim.

—Pero...

—El amor es muy importante entre nuestra gente –Latifah levantó el manto con las monedas y lo admiró.

—Pero vuestros matrimonios están basados en asuntos económicos –comentó Catherine, intentando comprender.

—El amor y el afecto es algo que aparece después del matrimonio.

—¿Siempre es así?

Latifah apartó el manto y miró a Catherine.

—Es deber del marido y la mujer darse afecto. No debes preocuparte por eso. Vendrá a su tiempo.

Se miraron un momento. Catherine no creía que una mujer tan hermosa como Latifah pudiera comprender sus inseguridades. Era imposible. Latifah y ella no compartían el mismo medio social, y probablemente hubiera sido fácil para el marido de Latifah enamorarse de su mujer.

Hakim, en cambio, se había casado con una mujer que había sido criada de un modo totalmente diferente. Y además era vulgar y tímida.

Aquella noche pudo ver a Hakim bajo la mirada celosa de su abuelo. No tuvieron oportunidad de hablar de nada privado, algo que la frustró. Puesto que necesitaba hablar con él antes de comprometerse en un matrimonio beduino.

El hecho de que se estuviera planteando el matrimonio era producto del efecto que había tenido su ausencia durante dos días y medio. Lo echaba de menos, y si lo echaba tanto de menos después de no verlo en dos días, ¿cómo iba a soportar la vida sin él?

Aunque el matrimonio había sido algo acordado por un asunto de negocios, él había intentado hacer el esfuerzo de establecer una relación personal entre ellos. Había compartido su tiempo con ella, demostrándole que podían disfrutar de su mutua compañía. Era duro perder su amistad tanto como el hacer el amor con él.

Y eso era importante.

Su cuerpo tenía adicción a él. La avergonzaba sentir aquel deseo físico, pero cuando recordaba el placer que le hacía sentir, le daban ganas de llorar.

¿Qué pasaría si se apartaba de él? Sabía que no amaría a otro hombre como amaba a Hakim. Daba igual lo que él sentía por ella. Los sentimientos que tenía por él eran demasiado profundos para sentirlos por otra persona.

Cuando se fue a la cama aquella noche, se sentía confusa y frustrada.

La boda se llevaría a cabo dos días más tarde. Y si esos días seguían el modelo de los que había vivido hasta entonces, no tendría oportunidad de hablar con Hakim.

Catherine estaba echada en la cama, oyendo los sonidos del desierto y la vida del campamento afuera. Un grupo de hombres pasaron por allí y se oyeron las risas a través de la tienda.

El aire había refrescado significativamente y ella se arrebujó entre las mantas.

Estaba a punto de dormirse cuando alguien la despertó tapándole la boca. Catherine se asustó.

–Soy yo, Hakim.

Ella se sintió aliviada al oír su voz.

–Shh... –le dijo al oído–. Habla bajo o nos descubrirán.

–De acuerdo –susurró Catherine–. Pero, ¿qué estás haciendo aquí?

–Tenemos que hablar.

Hakim la ayudó a levantarse. Catherine sintió el frío a través del fino camisón. Pero él la envolvió con su capa inmediatamente. Olía a él...

La llevó fuera, por un pasadizo que ella había visto anteriormente. Le sorprendió que hubiera más de una entrada en la tienda.

Al salir fuera, se dio cuenta de que no tenía zapatos, y que sus pies tocaban objetos más salientes que la arena.

Pero Hakim pareció adivinarlo, porque la alzó en brazos y la llevó más allá de las luces dibujadas por las antorchas del campamento beduino.

Hakim se detuvo y se agachó en la arena sin dejar de sujetarla. Ella quedó apoyada en el regazo de su marido y sintió el efecto inconfundible de su erección. Intentó apartarse. Pero él no la dejó.

–Relájate.

–Estás... –Catherine no siguió.

–Lo sé –dijo él, contrariado.

Al menos ahora sabía que el deseo por ella era real.

También le gustaba que hubiera querido hablar con ella antes de la ceremonia beduina. Quería decir que no estaba completamente seguro de ella. Al parecer, su arrogancia tenía límites.

Catherine esperó a que él hablase.

—Vamos a casarnos por una ceremonia beduina dentro de dos días.

—Eso me han dicho.

Él la miró.

—Según el marido de Latifah, has estado de preparativos todo el día.

—Sí.

Hakim tenía que preguntarle algo, si ella pensaba seguir con la boda.

—¿Has pensado que podrías estar embarazada?

Ella se sorprendió de su pregunta. No la esperaba.

¿Sería posible? Sintió una sensación en su corazón. Era posible. Su boda había ocurrido en un período fértil de su ciclo. No había sido planeado, pero el resultado podría ser un nuevo al Kadar. Su bebé. El bebé de Hakim. El bebé de ellos dos.

La idea de tener un hijo suyo en su vientre no era desagradable, pero no podría divorciarse del padre de su hijo, incluso antes de que éste naciera.

—No.

—¿No, no lo has pensado? ¿O no, no estás embarazada?

—No lo he pensado.

—Es curioso, porque yo no he pensado en otra cosa desde la primera vez que sembré mi semilla en tu interior.

—No es seguro que haya germinado.

—Teniendo en cuenta la frecuencia con que hemos hecho el amor, yo diría que es bastante probable.

Catherine no podía negarlo.

—¿La idea de un hijo mío te resulta desagradable?

Ella le había pedido sinceridad, así que también sería sincera.

–No.

–¿Vas a querer a mi hijo?

–¿Cómo puedes preguntar eso?

–No es tan raro pensar que el odio que sientes por el padre podrías tenerlo por el hijo.

–Jamás odiaría a un hijo mío.

En cuanto al hecho de odiar al padre, no pensaba contestarle.

–Por el amor de nuestro hijo, ¿asistirás a la ceremonia que se realizará dentro de dos días?

–No sabemos si hay un niño –dijo ella.

Pero la idea le resultaba agradable.

–Tampoco sabemos que no lo hay.

–Sería una vergüenza para ti que yo no aceptase seguir con la boda, ¿verdad?

–Sí. Y también sería una vergüenza para el niño fruto de nuestra unión –dijo él.

–No puedo hacer promesas que no tengo intención de cumplir.

–No hay promesas en la boda beduina –la tranquilizó.

Al parecer, Hakim creía que ella había dejado de amarlo. ¡Como si fuera tan fácil!

–Te casaste conmigo como parte de un acuerdo de negocios.

–No puedo negarlo, pero eso no niega la realidad del matrimonio.

–Me secuestraste.

–Fue necesario.

–Para lograr lo que tú querías.

–Por tu seguridad.

–Eso no tiene sentido.

¿Cómo iba a estar en peligro volviendo a Seattle?

–Hubo amenazas de muerte contra ti al día siguiente de nuestra boda.

–¿Qué? ¿cómo?

–Llegó una carta al palacio. El rey Asad me la mostró el día que nos marchamos.

Aquello había ocurrido cuando ella estaba planeando huir, reflexionó Catherine. No le extrañaba que Hakim hubiera tenido el helicóptero preparado en el aeropuerto.

–Mi deber es protegerte. No podía dejarte marchar.

–Deber –dijo ella, disgustada. Iba a odiar esa palabra.

–Sí. Deber. Responsabilidad. Aprendí esas palabras muy joven. Soy un jeque. No puedo olvidarme de mis promesas tan fácilmente como tú de las tuyas hechas durante nuestra boda.

Aquello la enfureció, y se levantó de su regazo, cayendo en la arena fría del desierto.

–No me olvido de ellas –dijo, ya de pie.

Hakim se levantó también.

–¿No? –preguntó él.

–Las hice engañada.

–Te cortejaron.

–¿Cómo puedes decir eso?

–Es la verdad.

«Tu verdad», pensó ella.

Ella suspiró.

–Debería volver antes de que tu hermana se dé cuenta de que me he ido de la tienda.

–No hemos terminado de hablar.

–Quieres decir que no he estado de acuerdo con tus planes.

–Quiero tu promesa de que celebrarás la ceremonia de la boda.

–Necesito tiempo para pensarlo.

–Tienes dos días para hacerlo.

–¿Qué harás si digo que no?

Por toda respuesta Hakim la besó tan furiosamente como apasionadamente. Con deseo también. Y seducción. Cuando dejó de besarla, ella apenas se sostenía de pie.

—Celebrarás la ceremonia, para que seas mi esposa a los ojos de mi abuelo. Luego te haré el amor y tú te olvidarás del asunto del divorcio.

Aquella presunción la enfadó.

–¿Por qué no? Ya hemos pasado por una farsa de boda. ¿Por qué no otra más?

Catherine pensó que Hakim iba a explotar, pero no lo hizo.

—Por supuesto –respondió él, tenso.

La alzó en brazos y la llevó a la tienda de campaña. No la bajó hasta dejarla en la cama.

—Buenas noches, *aziz* –y la besó.

Ella esperaba otro apasionado asalto a sus sentidos. Pero le hizo una caricia suave, que dejó a sus labios deseando más.

Luego se fue.

Catherine frunció la nariz por el olor y la visión del camello que estaba arrodillado delante de ella.

Latifah le había dicho que su marido había montado aquel animal en las tres últimas carreras, y que había salido victorioso. Pero aquello no la tranquilizaba, según subía a la silla que había encima del lomo del camello.

Ni siquiera había montado un caballo, y ahora tenía que montar un camello.

Se acomodó en la silla.

Se suponía que debía ir en aquel medio de trans-

porte a su boda. Evidentemente, aquél era el equiva-
lente romántico del coche tirado por caballos que había soñado para su boda en Seattle. Pero igualmente no
habría podido ser, por el clima frío de su ciudad.

El viejo jeque montaba solo su camello. Había dicho que, puesto que el padre de Catherine no estaba
allí para hacerlo, era un honor ocupar su lugar.

Al llegar, se sintió observada por todos. La gente se
había reunido para ver su boda.

Cuando llegaron al sitio donde se celebraría la ceremonia, el viejo jeque la ayudó a bajar del camello y la
acompañó a su lugar, al lado de Hakim. Ella no lo miró
durante el enlace, sino que mantuvo la vista baja,
como le había instruido Latifah.

La ceremonia no fue muy larga, pero el Mensaf,
una cena preparada para su unión, sí lo fue.

Hombres y mujeres comían separados y luego se
reunieron para los entretenimientos. Se sentaron al aire
libre con un fuego alrededor de ellos. La madera estaba tan seca que apenas había humo, pero el olor a
achicoria llenaba el aire. Los hombres tocaban instru-
mentos y las mujeres cantaban.

Hakim le traducía las letras al oído con voz sensual,
rodeándole la cintura.

Ella no podía ignorar cuánto le afectaba su tacto, y
su deseo por él, que crecía día a día en las cuatro noches que llevaba durmiendo sola.

Latifah llevó a Catherine a las habitaciones de Hakim en la tienda de su abuelo. Era muy tarde.

Unas linternas iluminaban la amplia habitación. Las
paredes estaban cubiertas de seda de colores y el suelo
estaba tapado por alfombras de lana hechas por las
mujeres beduinas.

La cama estaba llena de cojines y estaba rodeada

por una especie de cortina que colgaba del techo. Era como una tienda dentro de otra tienda.

No había casi muebles, a excepción de la imponente cama. Cojines enormes hacían de sillas, supuso Catherine, al verlos alrededor de una pequeña mesa redonda.

Catherine decidió esperar a Hakim sentada en uno de los cojines en lugar de esperarlo en la cama.

No sabía cuánto tendría que esperarlo, puesto que no conocía las costumbres de la cultura de su abuelo.

Después de oír el trajín de fuera de la tienda, oyó la inconfundible voz de su marido.

Dirigió su mirada al lugar por donde se suponía que podía entrar, y entonces se dio cuenta de la similitud entre su fantasía y la realidad que estaba viviendo.

Había sido secuestrada por un jeque y esperaba que él fuera a su encuentro. Pero a diferencia del sueño, Hakim era de carne y hueso. Podía tocarlo y él la tocaría.

Se estremeció al pensarlo.

Hakim se detuvo en la entrada de la tienda.

Catherine lo estaba esperando dentro. Había impresionado a Latifah con su dulzura, a su abuelo con su humildad y también había escandalizado a las mujeres que, junto a Latifah, habían preparado a Catherine para la boda, puesto que ésta se había negado a ponerse hena en el pelo.

Pero había estado muy callada durante la fiesta. Al menos no se había negado a seguir con la boda. No había estado seguro de que asistiera hasta verla al lado de su abuelo en el camello. Pero para ella había sido una farsa.

Él le demostraría aquella noche que no era un matrimonio ficticio.

Abrió la abertura de la tienda y entró.

Al verla sentada en un cojín se detuvo. Se había quitado el manto de monedas de la cabeza. Llevaba el pelo suelto. Él aspiró su fragancia femenina.

—Mi abuelo está contento contigo.

Ella lo miró con sus ojos azules.

—¿Sabe por qué te has casado conmigo?

—No conoce el arreglo que hizo mi tío con tu padre, no.

—Latifah me ha dicho que esto se considera como una dote para una novia, incluso para la futura esposa del jeque.

Hakim hubiera querido saber qué estaba pensando Catherine.

—Mi abuelo te valora.

Ella bajó la mirada.

—¿Y tú?

—¿Si te valoro?

—Sí.

—¿Lo dudas?

Era su esposa. Algún día, Dios quisiera, finalmente entendería lo que significaba para un hombre que había sido educado y criado como lo había sido él.

—Si no lo dudase, no lo preguntaría.

A Hakim le disgustaba su desconfianza.

—El día que llegamos a Jawhar te hice una promesa.

Ella frunció el ceño.

—Prometiste no volver a mentirme.

—Y no lo he hecho.

Ella asintió.

—Pero te hice otra promesa antes de eso, pequeña gatita.

Ella pareció confusa.

–Te prometí poner tus deseos y necesidades por delante de todo. Dime, ¿no crees que te valoro?

–¿Quieres decir que si tu familia quiere algo que se opone a lo que yo quiero, primarás mis deseos por encima de los suyos? –preguntó Catherine.

–Sí. Eso es lo que digo.

–O sea que si digo que no quiero que les garantices sus visados, ¿tú aceptarías?

–¿Dirías eso si sus vidas estuvieran en peligro? –preguntó Hakim en lugar de responder.

–No –contestó ella con la cabeza baja.

–Eres muy pesimista –comentó él.

–¿Qué? –ella alzó la mirada.

–Sólo ves lo negativo de las cosas.

Capítulo 11

CATHERINE sintió las palabras de Hakim como una flecha clavada en su pecho.

—No veo sólo lo negativo —replicó, preguntándose si sería verdad.

Hakim supo que estaba mintiendo.

—Tú no valoras nuestro matrimonio por un pacto que ya no tiene nada que ver con nuestras vidas. Y buscas excusas todo el tiempo para justificar tu desconfianza y la falta de valor que le das a nuestro matrimonio.

—¡Yo no quito valor a nuestro matrimonio!

¡Cómo se atrevía a decir aquello! ¡Ella lo amaba! Era él y su padre quienes habían infravalorado su matrimonio.

—Yo no he quitado valor a nuestro matrimonio ni te he pedido el divorcio el día siguiente a nuestra boda. Yo no te he negado el placer de mi cuerpo ni el calor de mi corazón. Tú estás enfadada porque el amor no fue el motivo de mi proposición de matrimonio. No obstante tú que has profesado tu amor por mí, me has amenazado con deshonrarme delante de mi pueblo. ¿Qué clase de amor es éste?

—Yo... —ella no sabía qué decir.

Hakim decía la verdad, pero no había sido la debilidad de su amor la causa de que hubiera hecho ciertas cosas, sino la fuerza de su dolor. El sentimiento de rechazo... Pero él no la había rechazado nunca.

–Ahora estás ahí sentada seguramente planeando decirme que no te toque. Da igual que seas mi esposa. A ti no te importa que yo me esté muriendo de deseo por ti. Seguramente te gusta la idea de hacerme sufrir.

–No. Yo...

–Te olvidas fácilmente de la intimidad que hemos compartido...

–No es fácil –gritó ella.

–Te he prometido ser sincero. ¿Crees que no merezco lo mismo?

–No miento.

–¿Piensas compartir mi cama?

–Sí.

Ella había decidido hacerlo. Prefería hacerlo a ser seducida por Hakim de todos modos y demostrarle que no podía reprimir su deseo por él.

Hakim la miró con un brillo de deseo que la quemó.

–Espera.

Hakim se detuvo.

–Tengo que darte esto –le dio el manto de la cabeza.

–¿Por qué?

Ella respiró profundamente y luego exhaló muy lentamente.

–Me compraste con un permiso de excavación...

Sintió que tenía que dejar las cosas claras entre ellos.

Le había llevado tiempo decidirlo, pero debía hacerlo antes de entregarse a Hakim nuevamente.

Cuando él fue a protestar, ella lo acalló.

–Si aceptas este oro –señaló el manto–. Te estaré comprando. Así estamos en igualdad de condiciones.

Hakim no comprendía.

–¿Es importante para ti? ¿Que estemos en igualdad de condiciones?

–Sí.

–Y si acepto tu dote, ¿será así?

Ella asintió.

Hakim extendió la mano para recibir el oro.

–Espero que a ti te satisfaga tanto el intercambio como a mí.

Ella le entregó el manto.

Luego se desabrochó el cinturón de oro de sus caderas y lo dejó caer.

Hakim se quedó quieto. Sólo le clavó la mirada.

Ella se quitó el atuendo hasta quedar desnuda.

Sus pezones estaban duros de deseo. Y se endurecieron más al sentir la mirada de su esposo en ellos.

Toda su piel estaba sensible.

Caminó hacia él y las pequeñas campanitas del colgante que llevaba al cuello sonaron con cada paso. Por primera vez no se puso colorada. Estaba decidida.

Cuando llegó hasta su marido le dijo:

–Déjame que te desvista.

Catherine le quitó el turbante. Le acarició el cabello rizado. Sintió que sólo ella tenía derecho a ver a aquel hombre de aquel modo en Jawhar y se deleitó con ese pensamiento.

Él la ayudó a que le quitase la túnica. Catherine le acarició el pecho.

Le llamaron la atención sus pezones varoniles. Su deseo aumentó, e instintivamente los acarició.

Al tocarlos, se pusieron duros inmediatamente y ella sintió el placer de hacerlo reaccionar de aquel modo.

–Sí. Tócame. Muéstrame que me deseas tanto como yo te deseo a ti.

Las palabras de Hakim aumentaron su deseo y la determinación de hacer lo que él le decía. Se inclinó hacia adelante y lamió cada uno de los pezones; luego hizo círculos con la lengua, saboreando su piel salada y aspirando la fragancia masculina de su cuerpo.

–El aire del desierto te ha convertido en una tentadora.

Ella sonrió y tomó uno de sus pezones con la boca hasta que él gimió de placer.

Luego tiró del cordón de la cintura del calzoncillo blanco y lo desató. Lo único que sujetaba su ropa interior era el cuerpo de ella encima del de él.

–Quítatelos.

–¿El haberme comprado te da derecho a darme órdenes como a un esclavo? –preguntó Hakim con humor en los ojos.

Ella supo que estaba bromeando, que no estaba ofendido.

–Por supuesto –respondió ella.

Él alzó las cejas y la miró con aire de depredador.

–Entonces tú también eres mi esclava.

Catherine tragó saliva. El juego estaba tomando un curso inesperado y se estaba poniendo nerviosa.

–Sí –respondió.

Hakim no dijo nada; pero la dejó quitarle la prenda.

Ante sus ojos apareció una piel satinada y dura dándole la bienvenida.

El recuerdo de sentirlo dentro de ella era excitante, sintió Catherine.

–Quítate la ropa que te queda –le ordenó él.

Ella se estremeció de deseo.

Lo único que le quedaba protegiéndola de él era un trozo pequeño de encaje.

Pero ella no necesitaba protección de él. Ahora, no. Ella deseaba lo que iba a suceder.

Se quitó las braguitas, dejando al descubierto unos rizos rubios húmedos.

–Ven conmigo –dijo Hakim.

Ella se acercó a él. Tanto que la punta de su masculinidad le rozó el estómago.

Hakim le tomó la mano y la llevó hasta su sexo.

–Tócame –le pidió.

Ella llevó su mano hasta él con dedos temblorosos. La dureza tibia de su piel satinada la fascinó y la acarició en toda su longitud. Él dejó escapar un sonido incoherente de deseo y echó hacia atrás la cabeza.

Ella siguió acariciándolo y llevó su pulgar hasta la punta. Él se estremeció y le pidió:

–Más.

Fue una orden y un ruego imposible de desobedecer.

Y lo siguió acariciando más y más.

De pronto Hakim le tomó la mano y le dijo:

–Suficiente –tomó aliento y agregó–: Ahora me toca a mí.

¿Tocarla?, se preguntó ella.

–Ser el que dirige –le aclaró Hakim.

Ella sonrió.

–Llévame a la cama –le pidió a él.

Él no lo dudó. La alzó en sus brazos y la llevó a la cama que estaba en el centro de la habitación. Hakim se arrodilló con ella en brazos encima de la colcha. Bajó su cabeza y la besó.

Aquel beso le llegó hasta dentro de su ser.

Hakim era su marido y lo deseaba, y siempre lo desearía.

Hakim le besó el cuello.

–Te necesito, Hakim.

Él la quemó con la mirada.

–Te he deseado desesperadamente...–dijo él.

–Ahora me tienes.

–Sí. Te tengo. Jamás te dejaré marchar.

Catherine no quería pensar en el futuro. Quería concentrarse en el presente. Lo besó apasionadamente.

El calor de su lengua la invadió y enseguida el beso se hizo devorador y carnal.

Hakim le hizo el amor con las manos, con su boca y finalmente con su cuerpo. Cuando explotó dentro de ella, Catherine lo acompañó con su propio estallido de placer.

Luego permanecieron con sus cuerpos entrelazados, sudorosos.

Hakim se desembarazó de sus brazos y ella protestó con un gemido.

—Shhh, pequeña gatita. Sólo quiero que estés cómoda.

Hakim la arropó con su cuerpo y con la colcha de seda. Había apagado las luces y soltado las cuerdas de la cortina que rodeaba la cama, aumentando la intimidad entre ellos.

Catherine se arrebujó contra él.

—El nombre de pequeña gatita te va bien. Te acurrucas como un gatito, feliz de calentarte con mi piel.

—Me haces sentir pequeña.

—Sólo en tu recuerdo eres una Amazona gigante.

Ella besó su pecho.

—Lo sé. Pero me gusta cómo me haces sentir.

No sólo la hacía sentir pequeña, sino protegida y mimada.

—Me alegro de que sea así.

—¿Cuánto tiempo estaremos aquí? —preguntó ella jugando con el vello de su pecho.

—Podemos irnos a nuestro hogar de Kadar cuando quieras.

—¿No se sentirá ofendido tu abuelo si no nos quedamos más tiempo?

Habían planeado estar un tiempo corto en el palacio del rey Asad y unos días con el pueblo de su abuelo.

–A él le gustaría que nos quedásemos el tiempo suficiente para que yo sea el jinete de su camello favorito en las carreras.

–¿Cuándo son las carreras?

–Dentro de dos días. Participarán otros dos campamentos.

–A mí no me importa quedarme, si a ti te apetece hacerlo –dijo ella.

Le gustaba su hermana y le parecía fascinante la forma de vida beduina.

–Me gustaría quedarme –él la abrazó.

–¿Vas a enseñarme a montar a camello?

–¿Estás segura de que quieres aprender? Parecías muy nerviosa esta mañana.

–Se movía la silla. Y creí que se podía caer.

–Yo no te expondría a ningún riesgo.

Por primera vez ella sintió que aquel extraño en el que él se había convertido, no era un extraño en absoluto. Era Hakim. Un hombre complejo, con muchas facetas. A veces duro, otras protector y tierno. Pero en esencia el hombre del que ella se había enamorado. Su jeque.

Catherine se lo pasó muy bien los días siguientes.

Latifah era una compañía maravillosa. Le había enseñado los movimientos básicos de las danzas orientales mientras Hakim compartía el tiempo con su abuelo. La siguiente lección fue aprender a montar en camello, algo más difícil.

Le dolían los muslos del ejercicio, pero la danza se

los agilizó. Y los masajes de Hakim aquella noche completaron su recuperación.

El bailar y el montar a camello no fue lo único que aprendió en el campamento. Hakim también le enseñó todas las noches todo el placer que su cuerpo era capaz de experimentar. Cuando estaban haciendo el amor, a ella le resultaba fácil olvidarse de los verdaderos motivos por los que se había casado.

Mientras Catherine disfrutaba observando a su marido y a Ahmed disputarse el primer puesto en la carrera, parecía ajena por completo al acuerdo de su matrimonio.

—No sabía que los camellos podían moverse tan rápidamente.

Latifah se rió.

—Soy magníficos, ¿no crees?

—Pero, ¿qué pasa si los camellos se tropiezan? ¿Y si tira a Hakim?

Latifah se volvió a reír.

—¿Hakim?

—Es un hombre como cualquier otro, de carne y huesos que puede romperse.

—Cuidas mucho a mi hermano, ¿no? —preguntó Latifah, seria.

—Sí —admitió Catherine, sin dejar de mirar a los camellos de la carrera—. Lo amo. Por eso me casé con él.

—Me alegro. Creo que él se lo merece.

Catherine se asustó al ver que Hakim hacía un movimiento con el camello que lo ponía en peligro.

Latifah la tranquilizó.

—Es un gran jinete. Casi siempre gana la carrera, para pesar de mi marido. No está mal que Ahmed no gane siempre.

Catherine se rió.

Latifah se rió también.

—No soy desleal, pero mi marido se pone insufrible después de ganar una carrera.

—La arrogancia es una característica de la familia, ¿no?

Sabía que Ahmed y Hakim eran primos.

—Sí.

—¿Así que quieres que sea yo quien sufra el síndrome de marido insufrible, no?

—Creo que mi hermano ya se considera el ganador. Está muy satisfecho de que seas su esposa.

Dos horas más tarde, Catherine y el ganador de la carrera de camellos subieron a un helicóptero.

Hakim le tomó la mano y no la soltó durante todo el viaje.

La primera vista que tuvo del palacio de Hakim fue desde el aire. El palacio de Jawhar era impresionante. Tenía cúpulas en el techo y una arquitectura totalmente oriental.

El helicóptero aterrizó en un valle a varios metros del palacio. Los hombres de la guardia privada del rey Asad los esperaban para llevarlos al palacio.

Hakim quiso mostrarle el palacio.

No era tan grande como el de su tío, pero era impresionante también.

Tenía una cúpula de cristal como techo de una sala que formaba el observatorio. Estaba lleno de libros acerca de las estrellas. Algunos estaban en inglés, otros en francés y otros en árabe.

Pero lo que más le llamó la atención fue un telescopio en el centro de la sala, colocado sobre una mesa. Era un telescopio de George Lee e Hijos en perfectas condiciones.

Catherine se acercó a él como si la atrajera un imán, con la mano extendida para tocarlo.

—Es hermoso.

—Sabía que te gustaría.

Ella lo miró.

—Creí que habías fingido tu interés por los telescopios para que tuviéramos algo en común.

—El telescopio era de mi padre. Él tenía pasión por ellos. Pero al final me empezaron a interesar sinceramente, más allá de considerarlo una forma de acercarme a ti.

Cuanto más tiempo pasaba con él, el motivo por el que se habían conocido parecía tener menos importancia. Ella sabía que ése había sido su plan cuando la había secuestrado.

—¿Vas a seguir yendo a las reuniones de la Sociedad de Telescopios Antiguos conmigo? —preguntó Catherine.

—Me gustaría hacerlo.

Ella sonrió.

—Quiero darte este telescopio como regalo de boda. A mi padre le habría gustado que una aficionada a su hobby fuera quien lo tuviera, sobre todo su nuera.

—No sé qué decir.

Él le tomó las manos y agregó:

—Dime que lo aceptas.

Ella sintió que aceptarlo era como aceptar la permanencia de su matrimonio. ¿Estaba preparada para hacerlo?

Daba igual lo que sintiera él por ella. El asunto era la vida con Hakim o la vida sin él. Por otro lado, estaba la posibilidad de estar embarazada. Era pronto para saberlo. Pero no podía quitarse la sensación de que podría estarlo.

Pero aun sin un bebé, en los últimos días había conocido lo rica que era la vida con Hakim. ¿Realmente quería volver a su vida anterior sin él?

–Has luchado fuertemente para que este matrimonio se mantenga –dijo ella.

–Jamás te dejaré marchar.

–Mi opinión también cuenta, Hakim.

Hakim se dio la vuelta y con un movimiento violento le dijo:

–¿Cuándo dejarás de discutir por esto? Tú eres mi esposa. No te dejaré marchar. Tú eres la madre de mis hijos. Podrías estar embarazada incluso ahora. ¿No lo tienes en cuenta cuando piensas en dejarme?

–No he planeado nada.

Catherine se puso una mano en el vientre y sintió cierta ternura.

–¿Crees que podría estar embarazada de verdad?

–Si no es así, no será porque yo no lo haya intentado.

–Parece que estás dispuesto a todo para mantener nuestro matrimonio.

–Sí.

Él le había prometido fidelidad, honestidad, y que consideraría sus deseos por encima de otras consideraciones. Era más de lo que muchos matrimonios tenían, pensó. Y según Latifah, el amor venía después. Aun así, no había ninguna garantía de que él llegase a amarla.

Y si la amaba, ¿qué garantía había de que lo siguiera haciendo? Hakim era un marido que cumplía sus promesas siempre...

–No quiero terminar nuestro matrimonio. No quiero dejarte –dijo ella, por fin.

Hakim le sonrió. Parecía muy feliz. No podría serlo si ella no significase algo para él.

Catherine le dio la mano.

–Podemos seguir practicando a ver si fundamos una familia, ¿no?

Él se rió fuertemente. La llevó al dormitorio y volvieron a compartir otra noche de amor.

Capítulo 12

UNAS tres semanas más tarde volvieron al invierno de Seattle. Catherine echaba de menos el sol del desierto de Hakim. Su esposo, además, parecía sentirse cómodo con el estilo de vida de Kadar. Y, si era sincera consigo misma, a ella también le gustaba.

Gran parte de ello era debido a Hakim. Había sido muy atento y había querido compartir todos los aspectos de su vida de jeque con ella. Habían visitado todos los asentamientos de su región, se había enterado de que la única biblioteca disponible estaba en el palacio y había descubierto que se entendía muy bien con la gente con la que tenían contacto.

Era gente cálida y abierta, dispuesta a dar la bienvenida a la esposa del jeque. Lo único que les reclamaban era que Hakim volviera a su pueblo.

Un tío por parte de su padre atendía los asuntos políticos en nombre de Hakim, pero su gente quería que el jeque de Kadar volviera a su hogar de manera permanente.

Ella no comprendía por qué él no quería ni hablar de ello.

¿Sería tan cruel el rey Asad como para esperar que Hakim renunciara a su tierra natal para ocuparse de negocios en el extranjero?

No le parecía muy propio del hombre al que había frecuentado en su segunda visita.

Hakim condujo desde el aeropuerto en su Jaguar.

–Tendremos que organizar una visita a tus padres ahora que hemos vuelto a Washington.

Catherine se dio cuenta de que él jamás llamaba hogar a Seattle.

Ella se reprimió un suspiro. Tendría que enfrentarse a su padre algún día, pensó.

–¿Sabe mi madre lo del pacto entre mi padre y tu tío?

–Tu padre ha pensado que no lo comprendería.

Se alegró de que no lo supiera su madre. Le hubiera dolido más saber que su madre también la había vendido.

–Llamaré a mamá y arreglaré una visita para dentro de unos días.

–Tu padre tiene previsto viajar a Kadar dentro de dos semanas para reconocer los lugares para la explotación.

Al parecer, su padre no perdía el tiempo, pensó ella.

–Entonces, tendremos que esperar a que vuelva para verlo –dijo Catherine.

Con suerte, tardaría varias semanas en hallar los lugares para la explotación. Para entonces, ella tendría sus emociones bajo control y podría verlo sin rencor.

–¿Por qué no los visitamos antes de que se vaya? Seguramente podemos organizarlo.

Ella suspiró.

–No estoy segura de querer organizarlo –dijo Catherine.

–Creí que te habías reconciliado con nuestro matrimonio.

–Y lo he hecho –lo miró.

—Entonces, ¿por qué no quieres ver a tu padre?

—Porque me traicionó.

—Del mismo modo que has pensado que yo te traicioné.

—Sí.

No le gustaba aquello. Todo había ido estupendamente hasta que había aparecido el tema de su padre.

—Y no puedes perdonar.

Catherine se quedó callada.

Lo había perdonado a Hakim porque había sido necesario para curar la herida de su matrimonio. Pero no se lo había dicho a él. Había pensado que él lo había interpretado así al ver que ella había permanecido a su lado.

Pero, al parecer, no había sido así.

—Te he perdonado a ti.

—¿Y a tu padre? Él quiere lo mejor para ti.

—Él transformó mi matrimonio en un acuerdo de negocios.

—Lo he visto pocas veces, pero da la impresión de que es un hombre que cree que sabe mejor que nadie cómo deben hacerse las cosas.

Era una imagen bastante acertada de su padre. Su manera de acercarse a los negocios y a la vida.

—¿Catherine?

¿Qué podía decir? No podía lamentarse de tener a Hakim en su vida. Había sufrido por él, pero finalmente había renacido la esperanza. Tal vez un día su matrimonio podría estar basado en el amor, no en un negocio.

—Llamaré a mamá para quedar con ellos. Quiero ver a Felicity también.

—Tu hermana y tú estáis muy unidas.

—Siempre he podido contar con ella.

–Eso es bueno. Latifah es muy importante para mí, pero después del intento de golpe, nos criamos separados. No estamos muy unidos.

Siempre se sorprendía cuando Hakim le contaba algo así tan íntimo. Escondía sus sentimientos casi todo el tiempo, excepto en la cama. Entonces, su pasión era como un volcán.

–¿Y tus primos?

Hakim había sido criado con ellos. ¿Habrían ocupado el lugar de hermanos?

–Desde pequeño me asignaron el papel de diplomático, y por ello fui educado en el extranjero desde los doce años.

–Debes de haberte sentido solo muchas veces, alejado de tu familia, destinado a estar fuera en muchos sentidos.

–Ya no estoy solo. Estando contigo, estoy muy dentro.

Ella se puso colorada por el comentario erótico.

A la vez se le llenaron los ojos de lágrimas.

Había estado muy sensible las últimas semanas y no podía evitar preguntarse si tendría algo que ver el que tuviera dos semanas de retraso. ¿Habrían tenido resultado los esfuerzos de Hakim?

–Y que lo digas... –lo miró lascivamente.

–Compórtate, esposa mía –se rió él y le tomó la mano.

–Creí que me estaba comportando, esposo mío.

–Estamos totalmente reconciliados, ¿no?

–Sí.

Hakim se quedó en silencio. Luego preguntó:

–¿Ya no piensas en el divorcio?

–No. Te lo he dicho, que estaba comprometida con nuestro matrimonio.

–¿Ya no me consideras un ser despreciable?

–No.

–Entonces, ¿por qué no has vuelto a declararme tu amor desde el día siguiente a nuestra boda?

Catherine se puso tensa.

–Tú no te casaste conmigo por amor.

–¿Y niega eso tu amor por mí?

¿Y qué le importaba eso a él?

Catherine quitó la mano de la de Hakim y miró por la ventana. El cielo estaba gris y el asfalto, mojado.

–¿Qué es lo que quieres que te diga?

–Quiero que me digas que me amas.

Sabía que él tenía el deber de llegar a amarla. Pero ella no quería su deber. Quería que sintiera las mismas emociones que ella tenía dentro.

Al ver que Catherine no contestaba, le acarició la mejilla.

–¿Es tan difícil, pequeña gatita?

–No estoy segura de que éste sea el lugar indicado para esta charla.

Con el rabillo del ojo, lo vio volver a poner la mano en el volante..

–Tal vez tengas razón.

Ella lamentaba que todo el entendimiento que habían compartido durante aquellas semanas se estropease.

¿Cómo podía explicarle que decirle que lo amaba la hacía sentirse vulnerable?

¿Que el no decírselo la protegía contra su indiferencia?

Pero él no era indiferente.

Quería oír sus palabras de amor. ¿Sería posible que empezara a amarla? ¿Se sentiría tan vulnerable como ella porque no le había dicho que lo amaba desde que

se había enterado de las verdaderas razones de su matrimonio?

Tal vez, no expresando sus sentimientos no daba lugar a que él expresara los suyos, o al menos a permitir
que los suyos crecieran.

Ella lo miró.

–Yo te amo –dijo con voz tenue, casi un suspiro.

Pero él la oyó.

Hakim apretó el volante.

–Tienes razón. Éste no es el lugar para declaracio-
nes como ésta –respondió Hakim.

Ella se sintió herida por el rechazo de Hakim a sus
palabras.

–¿Por qué? –preguntó.

–Porque ahora quiero hacerte el amor con pasión y
faltan todavía quince minutos para llegar a casa.

Catherine llamó a la oficina de su padre al día siguiente. Tenían que hablar. Pero Harold Benning había volado a Sudamérica por negocios y no volvería
hasta después de varios días. Catherine arregló un encuentro para verlo antes de que abandonase el país
nuevamente. Esta vez a la provincia de Kadar, en
Jawhar.

El día antes del encuentro con su padre, Catherine
estaba en el salón del piso que compartía con Hakim,
echada en el sofá, con un libro de Astronomía en el regazo. Miró una foto de un telescopio muy similar al
que Hakim le había regalado por su boda en Kadar, y
recordó aquellos días.

Hakim había pasado los primeros diez años de su

infancia en aquel palacio. Se lo imaginó de pequeño, aprendiendo a montar en camello, tomándole el pelo a su hermana pequeña, como lo hacen los niños, trepando al regazo de su madre cuando estaba cansado.

Catherine se tocó suavemente el vientre y se imaginó lo mismo pero con su hijo. Sólo que le costaba imaginarlos en Seattle. El palacio de Kadar había sido un hogar para ellos, un hogar grande, pero un hogar.

El ático en el que vivían no era lo mismo.

En el palacio estaba presente la tradición, la familia, y las responsabilidades políticas, una forma de vida completamente diferente a la que su niño conocería en Seattle.

—Hola, pequeña gatita. ¿Has tenido un buen día en la biblioteca?

Catherine había estado tan ensimismada en sus pensamientos, que no lo había oído llegar.

Sorprendida, alzó la vista y sonrió:

—Hola. Ha sido un día maravilloso. Ven, siéntate conmigo. Te lo contaré todo.

Hakim se quitó la chaqueta y se aflojó la corbata antes de tirarla en una silla. Luego se desabrochó los dos últimos botones de la camisa. Se le veía el vello del pecho.

Catherine extendió la mano y le dijo, pasando el dedo por la uve que dejaba al descubierto.

—Eres un hombre muy sexy, Hakim.

—Me alegra que digas eso —contestó él, mirándola con deseo.

Hakim la besó. Siempre que pasaban más de cinco minutos separados, la saludaba de ese modo.

Los labios de Hakim tenían algo que la hacían rendirse a su tacto.

Diez minutos más tarde, ella estaba echada encima

de su regazo, con los botones de su suéter abiertos y con el sujetador desprendido.

Hakim le acarició el pecho.

—Volver a casa para tener una bienvenida así, compensa cualquier cosa.

—¿Y qué compenso yo, el tráfico de Seattle? –preguntó Catherine, con deseo.

Él se rió y la abrazó fuertemente.

Ella se echó atrás para ver sus ojos:

—Tengo noticias –declaró.

—No dudes en decírmelas.

Catherine sonrió. Le encantaba cuando hablaba como un jeque.

—El lunes sólo trabajo media jornada en la biblioteca, así que si tienes que viajar por negocios, puedo ir contigo.

—Son muy buenas noticias.

—Supuse que te gustaría.

Catherine se acurrucó en su regazo y agregó:

—Hay más.

—¿Por qué no esperas para contármelo?

Ella agitó la cabeza.

—Quiero decírtelo ahora.

Él rodeó su cadera.

—Entonces, dímelo antes de que te viole aquí, en el sofá.

—Hay una razón para que trabaje sólo media jornada.

—¿Cuál?

—Has conseguido lo que querías.

—No te he pedido que trabajes menos horas.

—No voy a trabajar media jornada porque tú lo quieras. He acortado mi horario para adaptarlo a un cambio que habrá en la familia –Catherine lo besó–. Voy a tener un hijo tuyo.

Hakim la miró, petrificado. Luego cambió aquel gesto por una gran alegría.

–Gracias –susurró y la besó.

Era la mayor muestra de afecto que ella le había visto nunca. Luego empezó a hablar en árabe, acariciando su vientre, besando sus labios.

Agarró uno de sus pechos y dijo:

–Mi bebé va a succionar leche de aquí.

Los ojos de Catherine se llenaron de lágrimas.

–Sí.

Hakim le dio un beso suave en uno de los pezones y luego en el otro. Se puso encima de ella.

Al rato ya estaban sin ropa. Él le pagó tributo a sus pechos nuevamente, luego la cubrió de besos por toda la cara, y desde allí se deslizó lentamente hasta el ombligo.

–Mi hijo se alimenta y se protege en la tibieza de tu cuerpo.

Catherine entrelazó sus dedos al pelo de Hakim. A sus ojos asomaron unas lágrimas de amor, de alegría.

Hakim descansó su boca en los rizos rubios de su pubis. Cuando su lengua separó los pétalos de su femineidad y buscó el punto justo de su placer, ella se arqueó de goce.

–¡Hakim!

Hakim le separó los muslos y siguió haciéndole el amor con la boca hasta que ella se convulsionó de placer. Luego la poseyó con un empuje profundo y seguro.

–Este placer ha sido el origen de la vida entre nosotros.

–¡Oh, Hakim, cariño! Amor mío...

Hakim la besó y ella no pudo decirle más palabras de amor. Pero su corazón siguió diciéndoselas en su interior.

Hicieron el amor con ritmo pausado, decidido, desesperado.

Después, Hakim se desmoronó encima de ella. Catherine le acarició la espalda con ternura.

—Te amo —le dijo.

Hakim alzó la cabeza. La miró seriamente.

—No dejes de amarme, te lo ruego —dijo.

—Nunca te dejaré de amar —le prometió—. Siempre te amaré.

—Entonces, todo vale la pena, alhaja mía. Porque el regalo de tu amor y el regalo de nuestro hijo hace que cualquier sacrificio valga la pena.

—¿Qué sacrificio?

Hakim no le contestó.

La besó nuevamente y la conversación se esfumó bajo el fuego de su pasión.

Catherine se vistió para el encuentro con su padre.

No había tenido una conversación con él desde hacía años.

Su padre estaba hablando por teléfono cuando entró Catherine. Al verla, se puso pálido. Dijo algo por el auricular y luego colgó.

—Catherine.

Ahora que estaba allí, ella no sabía cómo empezar.

—¿Quieres una taza de té? ¿Algún refresco? —le ofreció Harold.

Catherine negó con la cabeza.

—No. Quiero hablar contigo.

—Acerca de tu matrimonio —afirmó Harold Benning.

—¿Cómo lo sabes?

Su padre se echó hacia atrás en su sillón de ejecutivo.

–Hakim me llamó desde Jawhar para decirme que tú estabas enterada del trato de las excavaciones.

–¿No es exactamente el tipo de trato que sueles hacer, no? En lugar de pagar por el privilegio de excavar en Jawhar, pagaste con tu hija, como un comerciante de la Edad Media, ¿verdad?

Los ojos de su padre la miraron con reproche.

–No fue así.

Catherine se sentó frente a su escritorio y se cruzó de piernas, tratando de aparentar un aire de seguridad que no sentía.

–¿Por qué no me lo dijiste?

–Sabes que tu madre y yo hemos estado preocupados por tu falta de vida social. Cuando apareció este negocio del rey Asad, yo vi un modo de matar dos pájaros de un tiro. No hice nada para hacerte daño.

Catherine se puso de pie y se inclinó encima de su escritorio.

–¿Que no has hecho nada para hacerme daño? ¿Cómo crees que me sentí cuando descubrí que el hombre al que amaba no me amaba? ¿Que se había casado como parte de un acuerdo comercial? ¡Eso duele! ¡Y mucho!

Su padre se hundió nuevamente en el sillón, pero no dijo nada.

–Déjame que te diga una cosa. Descubrí que mi padre y mi marido me habían mentido. Yo sabía que no era tan importante para ti como Felicity, ¡pero nunca pensé que me veías como moneda de cambio!

Harold se pasó la mano por la cara.

–No eres moneda de cambio para mí. No te vendí como esclava en un país del Tercer Mundo, Catherine. Te casé con un socio.

–Sin decírmelo

—¡Diablos, no! No te lo dije. Habrías salido corriendo.

—Entonces le dijiste a Hakim cómo arreglar un encuentro casual.

—Me pareció la mejor manera de que le dieras una oportunidad. Mira, Catherine. El tratamiento de láser te quitó las cicatrices de la cara. Pero eso no fue suficiente. Tu madre y yo pensamos que una vez que las cicatrices no se te notasen, todo iría bien. Que empezarías a salir como tu hermana, y que un día te casarías. Tendrías una vida.

Catherine desvió la mirada. No quería ver los ojos de pena de su padre.

—Pero no fue así. Tú no confías en la gente, sobre todo en los hombres. ¡Diablos! Tal vez eso sea culpa mía. Yo hacía como que no pasaba nada porque no podía solucionar tu problema. Y tú te sentías rechazada por ello. Me equivoqué. Pero ahora ya no puedo hacer nada para enmendarlo. Tal vez te diera miedo ser rechazada otra vez. No lo sé, pero hasta que apareció Hakim, tú no demostrabas tus emociones.

—Yo confiaba en Hakim.

—Tú te enamoraste de él. No le eches la culpa a él del trato, Catherine. El tipo de trato que hicimos es muy común en su cultura.

—Me lo he figurado. El hecho de que yo haya sido un medio para un fin no me quita valor ante sus ojos.

—Bueno, en cuanto a eso, supongo que sabrás que no habrá necesidad de visados permanentes.

—¿A qué te refieres?

—¿No te lo ha dicho Hakim? El servicio secreto de su tío tendió una trampa a los disidentes. Están en la cárcel, esperando el juicio.

¿Por qué no le había dicho nada Hakim?

–¿Cuándo ha sucedido esto?

–Ayer.

Ella recordó la pasión en el beso de Hakim, la mención de un cierto sacrificio, y el dolor en sus ojos al principio, cuando ella le había dicho que estaba embarazada.

–Me tengo que ir –dijo Catherine y se puso de pie. Quería tener tiempo para pensar.

–¿Estás bien? –su padre le puso la mano en el hombro.

–Estoy bien. ¿Por qué no iba a estarlo?

–Lo siento, Catherine. Si pudiera cambiar el curso de los acontecimientos, lo cambiaría.

Y ella lo creía.

Quince minutos más tarde, mientras entraba en el ático, se preguntaba por el verdadero significado de las confesiones de su padre para la relación entre Hakim y ella. No podía olvidar aquel momento de dolor en el gesto de Hakim. ¿Lamentaría haberse casado con ella, ahora que no le supondría ningún beneficio personal?

La luz del contestador telefónico llamó su atención cuando dejó su bolso encima de la mesa. No estaba en condiciones de escuchar el mensaje. Demasiados pensamientos inundaban su mente. Prefería no agregar uno más.

Se sentó y recordó distintos momentos con Hakim. Las imágenes fueron pasando una a una.

Recordó la primera vez que Hakim y ella habían compartido la pasión. No habían hecho el amor, a pesar de que él lo había deseado desesperadamente.

La siguiente imagen fue la reacción de Hakim cuando ella había planteado el divorcio. Se había puesto furioso. Y había hecho todo lo posible por hacerla cambiar de opinión.

Luego recordó su vida con él. Feliz. Satisfecha. Contentos el uno con el otro. Sexualmente insaciables. En armonía.

No comprendía el motivo de la mirada de tristeza de Hakim, pero estaba segura de que no estaba relacionada con la idea de que él se sintiera obligado a cargar con ella. El hecho de que no le hubiera dicho que habían apresado a los rebeldes indicaba que ese aspecto era incidental en su relación con ella.

Se puso de pie y presionó el botón del contestador telefónico.

Se quedó helada al oír la voz del rey de Jawhar. Pero aún más cuando lo oyó pedirle que fuera ella quien lo llamase y no Hakim.

Capítulo 13

ESPERÓ unos segundos. Tomó aliento y levantó el auricular para llamar al Rey. Su nerviosismo aumentó cuando Abdul-Malik insistió en pasar la llamada a Su Majestad, a pesar de que éste se hallaba en una reunión.

Se saludaron y el rey Asad inmediatamente fue al tema que le interesaba.

–¿Te has enterado de que los disidentes han sido arrestados?

–Sí.

–Ya no hacen falta los visados permanentes.

–Supongo que no.

–Otra persona podría encargarse de nuestros negocios en el exterior. Y Hakim podría volver a su tierra.

Catherine sonrió, al oír la noticia.

–¿Por qué me lo cuenta a mí y no a Hakim?

–Se lo he dicho a mi sobrino. Es mi deseo y la voluntad de su pueblo que regrese a gobernar la provincia de Kadar.

–No me ha dicho nada Hakim –contestó ella.

¿Por qué no lo habría hecho?

–No quiere volver.

–¿Qué? –gritó.

No podía creerlo.

–Lo siento, Su Excelencia, pero no puedo comprender su rechazo a volver. Mi marido quiere volver a Jawhar. Lo sé.

–Yo también estoy seguro de ello, alhaja de su corazón.

¿Por qué diablos la llamaba así el Rey?

–Entonces...

El Rey suspiró. Luego dijo:

–Está convencido de que no serías feliz en Kadar.

–¡Eso es ridículo! Me he sentido muy bien allí. Y él lo sabe.

–Tal vez... deba hacerte una confidencia.

–Por favor, hágalo.

–Es algo que no le contaría a la mujer de mi sobrino en circunstancias normales, pero la cabezonería de Hakim no me deja elección.

–Comprendo.

–Bien. Durante la época de la universidad, Hakim tuvo una relación con una mujer que creía que lo amaba.

Catherine empezó a sentirse incómoda.

–Hakim le pidió a esta mujer que se casara con él, que se marchasen a Jawhar y que se transformase en la mujer del jeque. Esto ocurrió antes de que se decidiera que él se ocupase de los negocios en América.

–Ella lo rechazó, me contó Hakim.

–La mujer le dijo que ninguna mujer occidental querría dejar su profesión, su estilo de vida y su país para irse a un lugar como Kadar, aunque lo amase mucho –dijo el rey Asad con un tono seco–. Le dijo a Hakim que tendría que elegir entre su posición de jeque de Kadar, y ella.

–Él eligió su posición –dijo Catherine.

–Pero contigo, Hakim ha encontrado la verdadera joya de su vida. Él te ha elegido a ti frente a sus obligaciones con su pueblo.

–¿Qué quiere decir?

–Él piensa que tu felicidad está en Seattle, y no quiere volver a su tierra, con su gente.

Catherine empezó a temblar, y necesitó sentarse.

–Pero yo no le he pedido eso. Él no me ha dicho nada.

–No quiere hacerte daño. Dice que sería posible que tú sacrificaras tu vida por la de él, pero que no quiere que lo hagas.

–Pero yo sería más feliz en Kadar. Quiero que mis hijos se críen en su palacio. Me gusta el sol. La gente es maravillosa. Podría aprender a montar en camellos... –balbuceó.

Estaba tan sorprendida por la noticia de que Hakim la elegía a ella frente a su deber, que no podía parar de hablar.

–¿Hijos? –preguntó el Rey.

–¡Oh... yo...!

–Tal vez tengáis alguna buena noticia que darnos cuando mi sobrino y tú regreséis a Jawhar.

–Pero Hakim dice que no quiere ir.

–No, Catherine. Él dice que tú no quieres venir, y que por tanto él no lo hará.

Catherine se mordió el labio.

–¿Está usted enfadado conmigo?

–No. He hablado con Lila y con muchos que han tenido contacto contigo durante tu visita a Jawhar, y estoy convencido de que este problema está sólo en la cabeza de mi sobrino, no en tu corazón.

–Tiene razón. Pero, ¿qué debería hacer?

–Contarle tus sentimientos.

Ella sonrió.

–Quiero hacer más.

Hakim se merecía un gesto que demostrase cuánto

lo amaba, y cuánto deseaba vivir en Jawhar con él–. Tal vez usted pueda ayudarme...

Hakim abrió la puerta del ático, feliz al pensar que Catherine lo estaría esperando. Su Catherine. Su pequeña gatita.

Tal vez estuviera sentada en el sofá como el día anterior. Sonrió al imaginarla. Algo así compensaba muchas cosas. En la tibieza de su amor, podría vivir el resto de su vida en un lugar húmedo y frío.

Habría niños pronto. Se enterneció al pensarlo. Ya llevaba un niño en su vientre. Tal vez fuese un varón. El siguiente jeque de Kadar. Un hijo que crecería al margen de su pueblo, como él había crecido en el palacio de Jawhar, después de la muerte de sus padres. Pero un niño que pertenecería a la familia de ellos dos. Era suficiente. Tenía que ser suficiente.

Oyó música en el dormitorio y fue hacia él, pero estaba vacío. Era música oriental que provenía del equipo que se distribuía por toda la casa. La puerta del cuarto de baño del dormitorio estaba abierta. Entró y se encontró a su esposa sumergida en la bañera. El olor a jazmín la rodeaba por completo, y atraía sus sentidos.

–Un hombre se debe sentir muy seguro de su masculinidad para compartir una bañera llena de aceites de fragancias florales con su esposa.

–Afortunadamente, estoy casada con un gran macho, ¿no?

Hakim ya se estaba desabrochando la camisa.

–Soy yo quien tiene suerte, alhaja mía. De tener una esposa como tú.

Ella se puso colorada.

–Nunca sé cómo reaccionar cuando me dices cosas así.

Hakim se terminó de desvestir y se metió en la bañera. Su piel tocó la suavidad de la de ella.

–Espero que recibas mis palabras con alegría –apuntó él.

Ella jugó con su pie, deslizándolo por los muslos de Hakim, insinuándose.

–Soy muy feliz contigo, Hakim.

Era verdad. Catherine aquel día brillaba tanto como el día de su boda. ¿Qué habría causado el cambio? ¿Sería el embarazo?

Los pies pequeños de Catherine acariciaron su sexo, y él reaccionó inmediatamente.

–Mmm... Muy masculino.

Él se rió y la abrazó.

Más tarde, ella se acurrucó contra él y con la respiración agitada todavía, le dijo:

–Casi me has ahogado.

–Me hiciste una invitación difícil de rechazar.

–¿Estás seguro de que era una invitación? Tal vez yo sólo quería darme un baño relajado.

Él se rió.

Siempre le regalaba su sonrisa.

–Fue una desvergonzada invitación y lo sabes –él le acarició un pezón.

–De acuerdo. Lo confieso. Fue una invitación sexy.

–Tú lo eres.

–¿Qué? –preguntó ella, acurrucándose contra él.

–Eres increíblemente sexy.

–Tú me haces sentir sexy. Me haces sentir hermosa.

–Tu belleza es superior a la de cualquier mujer.

Catherine suspiró y entrelazó sus dedos a los de él.

¿Aceptaría ahora ella su declaración de amor? Había querido confesarle sus sentimientos, pero aunque ella le había dicho que todavía lo amaba, le faltaba algo. Su confianza. Que confiase en él. Si pensaba que sus palabras de amor no eran sinceras, le haría daño y él no quería hacerle ningún daño nunca más.

Catherine lo besó. Su beso lo sorprendió. Pero no tuvo tiempo de deleitarse en él, porque ella lo dejó de besar.

—Tu tío ha llamado hoy.

Él se puso tenso.

—¿Qué tenía que decirnos?

—Uno de tus primos acaba de comprometerse.

Eso ya lo sabía él.

—No es realmente mi prima. Es la sobrina política de mi tío.

El pensar en su familia lo llenó de nostalgia, como le ocurría siempre.

—Quiere que vayamos a la celebración del compromiso, no obstante.

—¿Quieres ir?

—¡Oh, sí!

—Entonces, iremos.

Ella sonrió, femenina y misteriosa.

Pero él se olvidó del misterio cuando ella lo volvió a besar.

Y esa vez, se deleitó en su beso.

Una semana más tarde viajaron en el mismo jet en el que lo habían hecho la primera vez que habían volado a Jawhar. Hakim estuvo muy atento en el viaje, preguntándole repetidamente si sentía bien o si necesitaba algo. Por suerte, apenas había tenido mareos y el vuelo no fue ningún problema. Lo que era un alivio, teniendo en cuenta los planes que tenía ella para cuando llegasen al aeropuerto.

Hakim la llevó al helipuerto, pensando que harían un corto vuelo hasta la provincia de su primo. Catherine lo mantuvo entretenido con caricias y besos, de manera que pasó una hora hasta que Hakim se dio cuenta de que estaban yendo en la dirección contraria.

Entonces Hakim llamó al guardia que estaba sentado al lado del piloto y le dijo algo en su lengua. El guardia le contestó y Hakim la miró, furioso.

—¿Qué diablos ocurre?

Ella le sonrió. Él permaneció imperturbable.

—Te estoy raptando —gritó ella por encima del ruido de motores.

Hakim no dijo nada hasta que llegaron al palacio de Kadar. Los llevaron hasta allí en el mismo coche de la vez anterior. Los mismos guardias. Catherine les sonrió.

Hakim no le dijo nada hasta que llegaron al palacio.

—¿Qué sucede? —le preguntó Hakim entonces, con voz amenazante.

—Te he secuestrado.

—Eso has dicho.

Se suponía que aquello debía de ser fácil, decirle a él que ella estaría dispuesta a vivir allí, pero no pudo evitar que le temblasen las manos.

—¿Por qué estás tan enfadado?

—Has usurpado mi autoridad frente a mi gente, ¿y todavía me lo preguntas?

Ella no había tenido en cuenta ese aspecto.

—Tienes que dejar de tomarte esas cosas tan en serio. No te preocupes. Todo el mundo ha estado de acuerdo, y ha actuado bajo las órdenes del rey Asad, si eso te tranquiliza. No es para tanto.

Hakim no pareció muy convencido.

–¿A qué te refieres con eso de que no es para tanto?
Ella se estaba cansando de su enfado.

–¡No tenías derecho a negarte a volver a Jawhar sin consultármelo. Soy tu esposa, no alguien que te calienta la cama y que no tiene derecho a participar de las decisiones que me afectan! Y definitivamente no soy esa estúpida mujer con la que viviste. Tengo mis propias ideas y sentimientos. Deberías de haber averiguado cuáles eran antes de rechazar cumplir con tus obligaciones con tu familia y con tu país.

Lo miró cruzada de brazos.

Hakim se pasó la mano por el cuello, con expresión de resignación.

–Mi tío te ha convencido de que te sacrifiques por mí, por el bien de mi país –afirmó él.

Pero ella lo tomó como una pregunta.

–No, no ha sido así. Simplemente me dijo que tú no habías querido volver a tu país cuando apresaron a los disidentes.

–No nos quedaremos –comentó Hakim. Luego se dio la vuelta como si fuera a marcharse de la habitación.

Algunas veces la enfadaba tanto que quería explotar.

–¡Hakim!

Él se detuvo.

–¡Maldita sea! Sé que puedes montar en camello. Y que puedes pedir un helicóptero más rápido de lo que yo tardo en pedir la cena...

–¿Qué quieres decir con todo esto? –preguntó él.

–¡No puedo retenerte aquí contra tu voluntad! No puedo evitar que te marches del campamento del desierto.

—¿Y? —preguntó él, dándose la vuelta.

—Cuento con una sola cosa para retenerte aquí.

Si él la amaba, sería suficiente.

—¿Qué?

—Conmigo.

Un hombre que la había preferido a ella por encima de su deber, sabiendo el fuerte sentido del deber y la responsabilidad que tenía Hakim, debía de amarla, se dijo Catherine, para borrar la leve duda que quería filtrarse en su interior.

Él agitó la cabeza.

—No se trata de ti. Es mi tío que ha querido manipularte convenciéndote de que sacrifiques tu felicidad por mi deber. No lo permitiré.

—¿Y cómo sabes lo que me puede hacer feliz? Nunca me lo has preguntado...

—Te he prometido que te pondría por delante de cualquier cosa. Y cumpliré esa promesa.

—¿O sea que defenderás mi deseo de que te retenga aquí en esta habitación conmigo?

—No he dicho eso —respondió Hakim, intentando controlarse.

—Bien. ¿Soy suficiente yo para retenerte?

Ella quería las palabras. Se merecía las palabras.

—No hay nada más fuerte.

Hakim se acercó a Catherine. Ella fue hacia él.

Se encontraron en el medio de la habitación. La estrechó en sus brazos tan fuertemente que apenas podía respirar.

—Quiero que mis hijos crezcan aquí —dijo ella, sin aliento—. Quiero que conozcan las tradiciones del pueblo de su padre, que conozcan el calor del desierto, el amor de una gran familia.

Hakim le agarró la cabeza.

–Pero tu trabajo...

–Ampliaré la biblioteca del palacio y la abriré al público.

Él gruñó.

–No hay ciudades aquí, ni centros comerciales, ni cines...

–Te he dicho que no soy esa otra mujer –lo interrumpió–. No me gusta ir de compras. No me interesa el tráfico de las ciudades. Cuando nos conocimos, yo vivía en un pueblo pequeño porque me apetecía. Me encanta este sitio. Amo a su gente. ¿Cómo no te has dado cuenta de ello cuando estuvimos aquí?

Hakim la besó y ella se derritió.

Sin saber cómo, terminaron en la cama, encima de una pila de cojines.

–Quiero que seas feliz, *aziz*.

El corazón de Catherine se llenó de alegría y esperanza.

–Porque me amas –agregó ella.

–Por supuesto que te amo. ¿No te lo he dicho muchas veces?

–No.

Ella no recordaba que lo hubiera dicho ni una vez.

–Te lo he dicho.

–¿Cuándo? –lo desafió.

–¿Sabes el significado de la palabra *aziz*? Pensé que se lo preguntarías a mi hermana, o a Lila...

–¿Qué quiere decir?

–Amada. Querida. ¿Cómo podría no amarte? Eres todo lo que una mujer debería ser, la alhaja de mi corazón.

Ella se llenó de alegría.

–¿Cuándo te has dado cuenta de ello?

Hakim la abrazó.

–Fui muy estúpido. No me di cuenta de que los sentimientos que tenía hacia ti eran amor hasta el día en que te regalé el telescopio, cuando pensaba que aún querías abandonarme. Antes de aquello sabía que no quería perderte, pero en aquel momento, me di cuenta de que si te ibas, te llevarías mi corazón, mi alma.

Ella empezó a desabrocharle la camisa, buscando al hombre que había debajo.

–¿Por qué no me dijiste entonces que me amabas?

–Tuve miedo de que no me creyeras, que mi declaración te hiciera daño.

–¿Cómo piensas que algo así podría lastimarme? Yo me estaba muriendo por dentro pensando que sólo era un medio para que consiguieras algo.

–Perdóname, *aziz*, por todos mis errores. Quiero que seas feliz. Sin ti mi vida sería tan árida como el desierto, tan vacía como un pozo seco.

A ella se le llenaron los ojos de lágrimas.

Por primera vez supo qué hacer cuando él le decía esas cosas bonitas.

Más tarde, sus cuerpos desnudos se entrelazaban en la cama, fundidos en un abrazo.

Catherine le sonrió. Tenía el corazón henchido de felicidad por todas las palabras de amor que le había dicho mientras habían hecho el amor.

–Hakim, te amo.

–Te amo, Catherine. Te amaré siempre.

Ella había encontrado por fin su lugar. En sus brazos. Junto a su corazón.

Y siempre sería así.

Acepte 2 de nuestras mejores novelas de amor GRATIS

¡Y reciba un regalo sorpresa!

Oferta especial de tiempo limitado

Rellene el cupón y envíelo a

Harlequin Reader Service®

3010 Walden Ave.

P.O. Box 1867

Buffalo, N.Y. 14240-1867

¡Sí! Por favor, envíenme 2 novelas de amor de Harlequin (1 Bianca® y 1 Deseo®) gratis, más el regalo sorpresa. Luego remítanme 4 novelas nuevas todos los meses, las cuales recibiré mucho antes de que aparezcan en librerías, y factúrenme al bajo precio de $3,24 cada una, más $0,25 por envío e impuesto de ventas, si corresponde*. Este es el precio total, y es un ahorro de casi el 20% sobre el precio de portada. !Una oferta excelente! Entiendo que el hecho de aceptar estos libros y el regalo no me obliga en forma alguna a la compra de libros adicionales. Y también que puedo devolver cualquier envío y cancelar en cualquier momento. Aún si decido no comprar ningún otro libro de Harlequin, los 2 libros gratis y el regalo sorpresa son míos para siempre.

416 LBN DU7N

Nombre y apellido	(Por favor, letra de molde)
Dirección	Apartamento No.
Ciudad	Estado Zona postal

Esta oferta se limita a un pedido por hogar y no está disponible para los subscriptores actuales de Deseo® y Bianca®.

*Los términos y precios quedan sujetos a cambios sin aviso previo.

Impuestos de ventas aplican en N.Y.

Bianca®...
la seducción y fascinación del romance

No te pierdas las emociones que te brindan los títulos de Harlequin® Bianca®.

¡Pídelos ya! Y recibe un descuento especial por la orden de dos o más títulos.

HB#33547	UNA PAREJA DE TRES	$3.50 ☐
HB#33549	LA NOVIA DEL SÁBADO	$3.50 ☐
HB#33550	MENSAJE DE AMOR	$3.50 ☐
HB#33553	MÁS QUE AMANTE	$3.50 ☐
HB#33555	EN EL DÍA DE LOS ENAMORADOS	$3.50 ☐

(cantidades disponibles limitadas en algunos títulos)

CANTIDAD TOTAL	$ _____
DESCUENTO: 10% PARA 2 Ó MÁS TÍTULOS	$ _____
GASTOS DE CORREOS Y MANIPULACIÓN	$ _____
(1$ por 1 libro, 50 centavos por cada libro adicional)	
IMPUESTOS*	$ _____
TOTAL A PAGAR	$ _____

(Cheque o money order—rogamos no enviar dinero en efectivo)

Para hacer el pedido, rellene y envíe este impreso con su nombre, dirección y zip code junto con un cheque o money order por el importe total arriba mencionado, a nombre de Harlequin Bianca, 3010 Walden Avenue, P.O. Box 9077, Buffalo, NY 14269-9047.

Nombre: _____

Dirección: _____ Ciudad: _____

Estado: _____ Zip Code: _____

N° de cuenta (si fuera necesario): _____

*Los residentes en Nueva York deben añadir los impuestos locales.

Harlequin Bianca®

CBBIA3

Bᴵᴬᴺᶜᴬ.

Quería que fuera su amante... ¿pero querría también tener un hijo con ella?

Tara llevaba un año saliendo con el magnate australiano Max Richmond y vivía para aquellos momentos robados en los que disfrutaba de su compañía; ya fuera en una cena o en la cama. Pero últimamente había empezado a plantearse que quizá Max no tuviera la intención de formar una familia... Parecía satisfecho con la idea de que Tara no fuera nada más que su amante.

Tara amaba a Max por cómo era, no por los regalos que le hacía ni por la vida sofisticada que llevaba cuando estaba con él, ni siquiera por el modo en que hacían el amor. Pero ahora que acababa de descubrir que se había quedado embarazada, se preguntaba si debía marcharse. De lo que estaba segura era de que en la vida de Max no había sitio para una amante embarazada.

La amante del magnate
Miranda Lee

LA AMANTE DEL MAGNATE
Miranda Lee

Deseo ®

SÓLO UNA INDISCRECIÓN

Susan Crosby

La popularidad obligaba a Dana Sterling a controlar sus sentimientos, pero cara a cara con Sam Remington después de más de diez años, el torrente de emociones se hizo sencillamente incontrolable. Lo que no conseguía entender era por qué Sam estaba tan dispuesto a ayudarla a evitar un escándalo que acabaría con su carrera.

En realidad, Dana temía que Sam destruyera todo lo que había conseguido... para hacerle pagar por lo que ambos habían perdido. ¿Seguiría importándole si sucumbía a la pasión que ardía entre ellos?

¿Estaba ayudándola por lo que habían compartido en otro tiempo... o tendría algún motivo oculto?